Thomas Brez

Pssst! Unser Geheimnis

Band 16

Was Spaß macht, ist verboten!

Mit Illustrationen
von Rolf Bunse

Ravensburger Buchverlag

Mein Kuschelsofa

Diese Portion habe ich allein verdrückt.

Mein kleines Brudermonster Felix

Alles ist urkomisch!

Bix

Meine Kaninchen Dick und Doof

Ich als Schneeflocke

Krissi

In den Ferien

Bei einer Klassenarbeit

Meine Brüder Caesar und Antonius

Auf der tollsten Achterbahn
auf dem Rummelplatz

Mutti sieht manchmal wie
meine Schwester aus.

Amadeus und Donald und Daisy

Vanessa

Peng! Bei meinem Hobby Experimentieren geht manchmal was daneben.

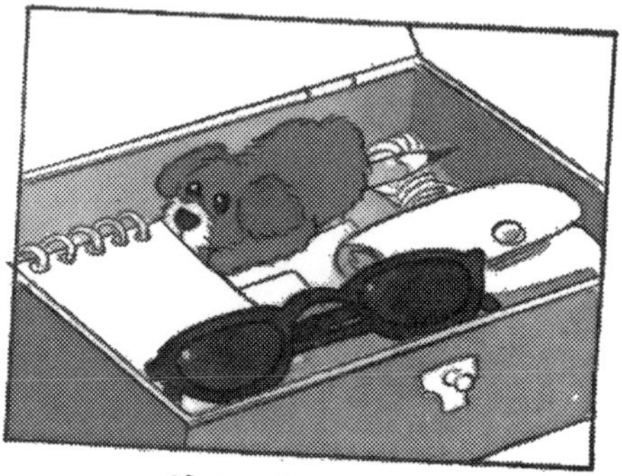

Meine Fluchtbox. Alles drinnen für den Notfall.

Wir machen oft weite Reisen.

So mag ich meine Schwestern am liebsten.

Ich betreibe Kampfsport.

Meine Lieblingstiere sind Vögel.

Jeder denkt, wir wären ganz normale Mädchen.
Aber das sind wir nicht!
Wir haben nämlich ein großes Geheimnis.
Es befindet sich hinter dieser Tür.
Niemand darf davon erfahren. In unserer Stadt ist nämlich nicht alles so, wie es auf den ersten Blick aussieht.

Geheimbotschaften

Den Decoder findest du im Umschlag vorn im Buch. Um die Botschaften zu lesen, lege den Decoder exakt auf die Botschaft und drehe ihn so lange, bis die Satzteile, die in den ausgestanzten Feldern erscheinen, einen Sinn ergeben. Eine kleine Hilfe: Am Anfang der Botschaft steht immer ein etwas dickerer Punkt.

Hast du diese Beispielbotschaft lesen können?

Wenn du selbst solche Botschaften schreiben willst, lege den Decoder auf ein Blatt Papier und ziehe mit dem Bleistift einen Kreis um ihn herum. Lege den Decoder auf den Kreis und schreibe deine Botschaft in die ausgestanzten Felder. Die restlichen Felder füllst du mit anderen Wörtern und Wortgruppen. Schon ist die Geheimbotschaft fertig!
Wenn du es dem Empfänger der Botschaft etwas einfacher machen willst, kannst du den Anfang deiner Botschaft und zwei oder drei der mit beliebigen Wörtern aufgefüllten Felder mit einem Punkt markieren.

Wollen wir wetten?

Wetten, dass ich durch eine Ansichtskarte schlüpfen kann?

Ja, ich, Bix mit dem Babyspeck, ich kann das. Wollen wir wetten? Na, los! Trau dich. Eine meiner beiden besten Freundinnen, Krissi Kiska, verzog die Mundwinkel und schüttelte den Kopf.

„Also Bix, nur weil du keine Schokolade mehr futterst, schaffst du das trotzdem nicht!“

„Um was wollen wir wetten?“, fragte ich sie.

Krissi zuckte mit den Schultern.

„Wir wetten um deinen Flitterpuder“, schlug ich ihr vor. Meine Mam ist hoffnungslos altmodisch, wenn es ums Schminken geht. Sie selbst verwendet auch kaum Make-up, obwohl es ihr durchaus gut täte. Manchmal ist sie eine kleine Miss Emmentaler. Ich meine nicht, dass sie stinkt. Sie ist nur so bleich. Auf jeden Fall war ich ganz wild auf den Flitterpuder. Man glitzert und es sieht schick aus, gleichzeitig muss ich mir nur die Hand ein wenig vor das Gesicht halten, damit Mutti nichts auffällt.

Krissi schlug ein, verschränkte die Arme abwartend vor der Brust.

„He, und wenn du verlierst?“.

„Dann kannst du Felix haben“, war mein Vorschlag. Felix heißt das Schnabeltier, das sich mein kleiner Bruder nennt. Durch ihn habe ich Nerven aus Stahl bekommen.

Natürlich war Krissi mit diesem Einsatz nicht einverstanden. Sie wollte lieber den Liebesroman mit dem Vampir vorne drauf, der eine Frau in den Hals beißt. Es ist ein Taschenbuch, das ich bei unseren Nachbarn im Altpapier gefunden habe. Ich glaube, Mam wäre nicht sehr begeistert darüber, obwohl sie mich ständig ermahnt, mehr zu lesen. Aber mit Müttern ist das so eine Sache: Sie wol-

len meistens, dass man alles genau so macht, wie sie sich das vorstellen. Lesen ja, aber nur „gute“ Bücher und keine mit Vampiren und verliebten Gräfinnen in Vollmondnächten.

Ganz locker setzte ich das Buch aufs Spiel. Ich wusste, dass ich nicht verlieren würde. Danach holte ich eine Ansichtskarte von der Pinnwand in unserer Küche. Sie war aus Tröndorf und zeigte den langweiligsten See mit dem langweiligsten Berg und dem langweiligsten Baum der Welt. Ich wette, was jetzt mit ihr geschah, war das Aufregendste in ihrem Ansichtskartenleben.

Mit einer Schere machte ich viele Schnitte in die Ansichtskarte, zupfte und zog ein wenig, es knisterte und auf einmal war aus der Ansichtskarte ein großer Ring geworden, durch den sogar ein Babynilpferd hätte springen können.*

Vor Staunen ploppten Krissi fast die Augen aus dem Kopf. Diesmal verzog ich die Mundwinkel. Aber nach oben zu einem triumphierenden Grinsen. So ganz leicht fiel es Krissi nicht, den Flitterpuder herzugeben, aber Spielschulden sind Ehrenschulden – so steht es jedenfalls in meinem Buch mit dem Vampir und der Gräfin, das mir auch weiterhin gehört.

---

* Wie das funktioniert, erfährst du auf Seite 127.

Bei meiner zweiten besten Freundin Vanessa war es noch einfacher. Mit der wettete ich, dass sie es nicht unter dem Tisch aushalten würde, während ich dreimal mit der Faust auf die Platte schlüge.

Vanessa ist ein harter Knochen. Sie macht Karate, jagt bei ihren Experimenten das Haus ihrer Eltern manchmal fast in die Luft und hat zwei Schwestern: eine kleine und eine große. Das härtet wohl ziemlich ab.

Aus diesem Grund verdrehte sie wohl auch die Augen zum Himmel und seufzte gelangweilt: „Bix, was soll das?“

„Wettest du mit mir?“, bestürmte ich sie.

Vanessa lächelte herablassend und stimmte zu. Immer noch lächelnd kroch sie unter den Esstisch im Wohnzimmer der Reininghaus’. Der Tisch ist lang und oval und aus hellem Holz.

„Mach schnell, ich muss noch den Wellensittich-Käfig putzen“, trieb sie mich an.

Ich schlug einmal. Pong!

Ich schlug ein zweites Mal. Pong!

Danach ging ich seelenruhig zum Sofa, ließ mich hineinplumpsen und griff nach der Fernbedienung des Fernsehers. Im Gegensatz zu uns haben die Reininghaus’ Satellitenfernsehen. Deshalb zappte ich von Programm zu Programm.

„Was soll das? Hau schon das dritte Mal!“, rief Vanessa von ihrem Platz unter dem Tisch. Ich bewegte kein Ohrläppchen und antwortete auch nicht.

„Bix? Bist du noch da?“ Vanessa wurde richtig ungeduldig. Im Sofa lag ich so, dass Vanessa mich nicht sehen konnte. Schließlich hörte ich sie rumoren, aufstehen und aus dem Zimmer gehen. Wie ein Springteufel fuhr ich in die Höhe und rannte ihr nach.

„Wette verloren“, jubelte ich. „Ich habe noch kein drittes Mal geklopft und du hast es nicht unter dem Tisch ausgehalten.“

Vanessa guckte ziemlich verdutzt. Sie ist ohnehin diejenige von uns dreien, die am wenigsten re-

det. Darum nennen wir sie auch „Grübel“. Diesmal aber ist ihr so richtig die Spucke weggeblieben. Bestimmt auch deshalb, weil wir um ihre Agenten-Sonnenbrille gewettet hatten. Das ist so eine Brille mit dunklen kleinen runden Gläsern. So richtig gerne habe ich sie nicht genommen, weil Vanessa so traurig war. Aber Spielschulden sind Ehrenschulden, oder?

Wir drei, Vanessa, Krissi und ich, wir sind Großmeisterinnen im Schreiben von Geheimbotschaften. Jeden Monat erfinden wir eine neue Geheimschrift, und zwischen unseren Häusern spannen sich Drähte und Schläuche, über die wir die Briefchen verschicken.

Es ist so: Wir drei wohnen in der gleichen Straße. Auf einer Straßenseite steht das Haus, in dem ich mit Mam und Felix lebe.

Mein Paps ist bei einem Motorradunfall ums Leben gekommen, leider. Als Felix noch nicht einmal auf der Welt war, ist es geschehen. Manchmal am Abend, wenn ich im Bett liege, denke ich an ihn. Er wird nie wieder bei uns sein. Und das ‚nie wieder‘ macht mich traurig.

Krissi wohnt genau gegenüber. Von unseren Zimmerfenstern aus können wir uns zuwinken. Wir haben einen Draht von Fensterbrett zu Fensterbrett gespannt, über den wir an kleinen Metallhaken die gefalteten Geheimbriefchen rutschen lassen.

Die Reininghaus' sind Nachbarn von Krissi. Krissis Flurfenster und Vanessas Zimmer verbindet ein Schlauch. Mit Hilfe eines starken Blasebalgs pusten sich die beiden die Geheimbotschaften zu. Eine Art Rohrpost sozusagen.

Es war Mittwoch, kurz vor dem Abendessen. Neben meinem Fenster bimmelte eine kleine Kuhglocke heftig. Das ist das Zeichen für eine neue Nachricht von Krissi. Auf dem Zettel stand:

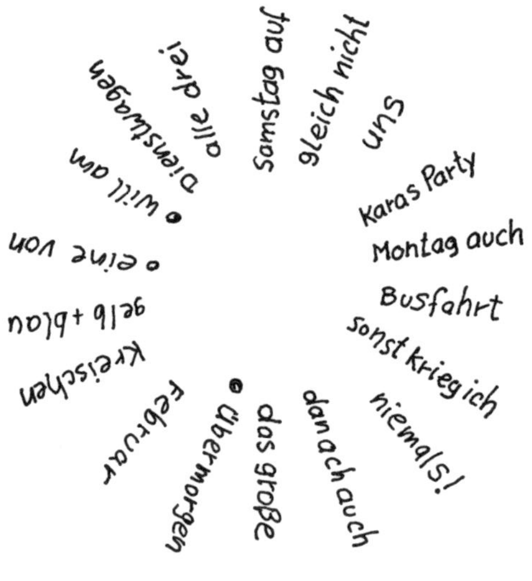

Karas Party

Mein erster Gedanke war: Träum weiter, Krissi!

Kara ist vier Klassen über uns und ihre Eltern sind superreich. Karas Vater hat vor einigen Jahren irgendein Teilchen erfunden, das heute in alle Autos eingebaut wird und superwichtig ist. Dieses Ding, das angeblich nur so groß wie ein Daumen ist, hat ihn zum Millionär gemacht.

Kara muss nicht angeben. Jeder kann sehen, dass sie im Geld schwimmt. Ich glaube, sie trägt keine Hose zweimal und die goldgelben Nieten an ihrem Gürtel sind wirklich aus Gold. In den Schneidezahn hat sie sich einen echten Diamanten als Zahn-Tattoo einsetzen lassen. Meine Mam erlaubt mir nicht einmal ein Tattoo, das man wieder abwaschen kann.

Mit Nachnamen heißt Kara Prisling und die Villa, in der die Familie wohnt, nennen alle den Prisling-Palast. Das ganze Gebäude ist weiß und mit Säulen und Säulchen, Erkern und Erkerchen, Türmen und Türmchen und kitschigen Figuren und Figürchen verziert. Krissi hat einmal gesagt, es sieht aus, als sei es von einem Konditor aus Zuckerschnee gemacht. Das trifft's ziemlich genau.

Ich war noch nie im Prisling-Palast, aber ich habe schon viel darüber gehört. Das Wohnzimmer soll riesig sein und Kara hat sogar ihr eigenes Badezimmer mit einer Badewanne, in der sie schwimmen kann. Die Prislings besitzen einen eigenen Tennisplatz und ein Schwimmbecken, das so lang ist wie das im Freibad. Karas Partys finden jeden Sommer statt. Die ganze Schule redet davon. Sie darf nicht, wie wir armen Mäuse, nur ihre zehn besten Freundinnen einladen. Nein, Kara gibt Feste mit hundert und noch mehr Gästen. Beim letzten Mal hatten ihre Eltern einen eigenen Pizzabäcker und eimerweise Eis zur Verfügung gestellt.

Natürlich wollen alle auf Karas Partys gehen, doch sie ist schlau und lädt immer nur einige aus der Schule ein. Das tut sie, damit all ihre Klassenkameraden und die Jungen und Mädchen der anderen Klassen um sie herumschwänzeln und um ihre Freundschaft buhlen.

Jung-Hüpfern, wie Vanessa, Krissi und mir, schenkt die schöne Kara nicht einmal einen halben Blick. Bei ihr beginnt der Mensch erst in ihrer eigenen Altersgruppe und älter. Wir sind für sie so eine Art Würmer und völlig unwichtig.

Trotzdem träumt Krissi schon lange davon, einmal zu Karas Party zu gehen. Vanessas große Schwester Susanna sitzt nur eine Reihe hinter Kara und steht ziemlich hoch in ihrer Gunst. Sie war schon zweimal eingeladen und hat danach stundenlang erzählt und geschwärmt. Vanessa hat nur gelangweilt gegähnt, Krissi aber hat Susanna fasziniert an den Lippen gehangen. Um ehrlich zu sein, ich auch.

Nun war es wieder so weit: Kara lud ein und wir würden wieder leer ausgehen. Frust! Frust! Frust!

Um fünf Uhr nachmittags trafen wir uns bei Vanessa. Alle Schüler und Lehrer unserer Schule sammeln Geld, um einem behinderten Jungen die Reise in die USA zur Delfintherapie möglich zu machen. Dazu wird ein Theaterstück aufgeführt, in dem ich mitspiele. Allerdings bin ich nur ein singender Baum und habe einen ganz kurzen Auftritt. In der Pause sollen Brötchen und Getränke verkauft werden, und außerdem wollen wir einen großen Markt veranstalten. Keinen Flohmarkt, auf dem nur alter Plunder angeboten wird, sondern einen echten Markt, zu dem alle Klassen etwas beisteuern. Wir drei malen Mini-Bildchen in die Schubfächer von Zündholzschachteln – immer das gleiche Motiv: eine Insel mit Sonne und Palme im blitzblauen Meer. Himmel und Meer pinsle ich, Krissi hat das Gelb für die Sonne und Vanessa malt aus lauter kleinen Punkten eine Insel, die an einen Pudding erinnert, mit eier winzigen Palme und einem winkenden Äffchen darauf. Sie macht das sehr geschickt und verwendet einen Pinsel, der höchstens drei Haare hat.

Wir hatten uns im Wohnzimmer der Reininghaus' breit gemacht, alle Zündholzschachtelladen ausgebreitet und die Pinsel in die Farbe getaucht.

Da kam Susanna, das Wesen, das sich Vanessas große Schwester nennt. Sie hielt uns eine goldfarbene Plastikkarte vor die Nasen. Das Ding sah aus wie eine Kreditkarte und in geprägter Schrift stand darauf:

COME TO MY PARTY! KISS, KARA

Dazu das Datum und die Uhrzeit.

Krissi und mir ploppten die Augen fast aus dem Kopf. Am liebsten hätten wir, wie Krissis Spaniel Amadeus, nach der Karte geschnappt, sie in den Garten geschleppt und dort an einer sicheren Stelle verbuddelt. Dazu aber kamen wir gar nicht, da Susanna das goldene Ding mit einem Ruck wieder wegzog. Als wäre es ein Parfüm, schnupperte sie daran und begann zu schwärmen: „Kara will diesmal eine Laser-Disko direkt neben dem Pool aufbauen lassen, und es kommt

ein DJ aus Los Angeles. Die Party trägt das Motto ‚Hollywood' und jeder muss in Verkleidung kommen. Wir sollen alle berühmte Filmcharaktere darstellen."

„Gehst du als Godzilla?", fragte Vanessa ganz nebenbei.

Susanna warf ihre dunklen Locken über die Schulter und zischte verächtlich.

„Nein, sie geht als weißer Hai", flüsterte Krissi.

„Das habe ich gehört!", blaffte Susanna. Die Nase zum Kristalllüster hoch gestreckt, meinte sie spitz: „Ihr seid ja nur neidisch, weil Grünzeug wie ihr niemals eine Einladung erhält."

In diesem Augenblick wusste ich: Ich muss die goldene Karte haben. Um jeden Preis. So einfach klauen ging natürlich nicht. Erstens hütete Susanna das Ding wie einen Schatz und zweitens stehle ich nicht.

Dafür wette ich. Allerdings fiel mir auf die Schnelle keine Wette ein, die ich ganz bestimmt gewinnen würde.

Susanna, diese Kröte, steckte die Karte unter den Träger ihres BHs.

„Meine Oma macht das auch immer", platzte Krissi heraus. Verstohlen zog Susanna die Karte gleich wieder heraus.

Krissi seufzte. Ich seufzte. Und Vanessa tupfte jeder von uns beiden einen grünen Punkt auf die Nase.

„Vergesst doch diese dämliche Party", meinte sie und begann die erste Insel zu malen.

Aber wir konnten die Party nicht vergessen. Wir hatten nur einen Wunsch: Wir wollten auch hin. Karas Party war bestimmt der größte Spaß, den man in unserer kleinen Stadt erleben konnte.

Aus dem oberen Stockwerk drang ein gellender Schrei, dem abgehacktes Wimmern folgte. Eine Tür flog zu und Vanessa sauste in die Höhe, in den Händen noch immer Pinsel und Zündholzschachtel.

„Wanda!", zischte sie und rannte, immer zwei Stufen auf einmal nehmend, die Treppe hinauf. Wanda war ihre kleine Schwester, aber Vanessas Zischen hatte sich nicht nach großer Sorge, sondern mehr nach Wut angehört. Vorsichtig folgten wir ihr, ebenfalls noch mit den Pinseln ausgerüstet.

„Was hast du in meinem Zimmer verloren?", schimpfte Vanessa mit Wanda. Mit den Ellbogen presste sie sie gegen eine Wand. „Los, sag schon!"

„Wollte nur deinen neuen Pulli anprobieren", kam es schluchzend von dem zitternden Häuflein Unglück.

„Und deshalb schreist du so?"

Wanda schluckte heftig. „Der Drache spricht", brachte sie nach mehreren Anläufen endlich heraus.

„Welcher Drache?" Vanessa legte Wanda den Handrücken auf die Stirn, um zu prüfen, ob sie Fieber hatte.

„Der Drache auf deinem Tisch."

Krissi und ich wechselten einen überraschten Blick. Wir konnten uns denken, was Wanda damit meinte. Der Drache war eine hockende Figur aus Bronze, ein Affe mit einem Drachenkopf. Es ist so ein Wesen, wie man es sonst auf dem Dach alter Kirchen hocken sieht und das aus weit aufgerissenem Maul das Regenwasser auf die Straße hinunterrinnen lässt. Das Ding kann sprechen, zwinkern und sogar spucken.

Vanessa ließ Wanda los, drückte mit dem Ellbogen die Klinke ihrer Zimmertür hinunter, stieß sie auf, verschwand, kehrte nach ein paar Sekunden zurück, beugte sich über das Geländer und rief: „Alarm!"

Wanda hatte sich wieder gefangen und trippelte hinter ihr her.

„Wieso spricht der Drache?", fragte sie. Sie hatte diesen hartnäckigen Tonfall, der bedeutete: Ich petze sofort, wenn du mir nicht alles verrätst.

Vanessa beugte sich zu ihr hinunter, blickte ihr ernst ins Gesicht und erklärte mit drohender Stimme: „Weil er sich heute um Mitternacht in ein echtes Monster verwandeln und dich verschlingen wird."

Mit weit aufgerissenen Augen starrte Wanda sie an.

„Das ist nicht wahr", krächzte sie.

„Warte mal ab!"

„Mami!", heulte Wanda auf wie die Sirene der Feuerwehr. „Mami, Vanessa hat einen Drachen im Zimmer, der mich heute frisst!" Kreischend stürmte Wanda in den Garten, wo Frau Reininghaus Rosen schnitt.

Ich verstand nicht, wieso ihr Vanessa die Geschichte vom Drachen erzählt hatte.

„Passt mal auf!“ Vanessa setzte eine siegessichere Miene auf und deutete auf die offene Gartentür.

„Ach, Schätzchen, was denn für ein Drache? Das bildest du dir nur ein“, hörten wir Frau Reininghaus auf Wanda einreden. „Eine Figur aus Metall kann nicht sprechen.“

Wanda japste. „Aber sie hat …“, sie verstellte ihre Stimme ganz tief, „… ‚Kommt, aber ein bisschen plötzlich!‘ gesagt!“

„Das hast du dir nur eingebildet.“ Im typischen Mutter-Befragungston erkundigte sich Frau Reininghaus, was Wanda überhaupt in Vanessas Zimmer verloren hätte. Daraufhin ergriff das kleine Biest die Flucht.

Vanessa machte eine Geste, die bedeuten sollte „Wie ich es euch vorhergesagt habe!“. Dann rief sie ihrer Mutter zu, dass sie noch dringend ein wenig laufen gehen müsste und wir verließen das Haus.

Wir hatten alle das gleiche Ziel. Ein Ziel, das mit unserem Geheimnis zu tun hat.

Portschunkula

Wir kennen jemanden, der für sein Leben gerne Chips futtert und Zigarren raucht. Es ist kein Mensch, sondern ein Tier. Um genau zu sein: eine Kröte. Und was für eine! Sie heißt Alexa und kann sprechen.

Stopp! Ich bin nicht verrückt. Alexa gibt es wirklich. Sie lebt im Keller unseres Rathauses in einem Gewölbe, zu dem nur wir drei Zutritt haben. Und wer denkt, eine sprechende, Zigarren rauchende und Chips fressende Kröte wäre verrückt oder höchst ungewöhnlich, der weiß nicht über unsere Stadt Bescheid.

In unserer Stadt wirkt alles sehr normal. Fast schon stinknormal. Die Häuser sind nicht zu hoch, nicht zu alt und nicht zu neu, nicht zu bunt und nicht zu grau. Die Leute sind genauso und meine Kusine Antonia hat unsere Stadt einmal „Ödloch an der Langweil“ genannt.

Keiner ahnt, dass tief in der Erde riesige Kristalle stecken, die auf die geheimnisvollsten Wesen der Welt eine magische Anziehungskraft ausüben. Die Strahlen der Kristalle machen es möglich, dass in unserer Stadt Vampire, Werwölfe,

Monster und Außerirdische wohnen. Niemand weiß davon, außer uns. Die Wesen sind nämlich gut getarnt und haben stinknormale Berufe wie Bäcker, Polizist, Verkäuferin oder Postbote.

Wieso wir davon wissen? Weil wir mit unserer Klasse einmal einen Ausflug ins Rathaus gemacht haben. Krissi, Vanessa und ich hatten zu viel von der selbst gemixten Limo getrunken, die meine Mam immer macht, und deshalb die Toilette gesucht. Auf der Suche gerieten wir in den Keller und standen auf einmal vor einer Backsteinwand.

Dort ist es geschehen. Die Backsteine verformten sich und eine lila Tür tauchte auf. Dahinter befand sich ein altes Gewölbe, das voll gestopft war wie eine Rumpelkammer. Mitten in dem Gerümpel hockte eine fette, riesige Kröte. Sie war bestimmt so groß wie Krissis Spaniel Amadeus.

Die Kröte war Alexa! Ihre Aufgabe ist es, die Monster und Spukgestalten unter Kontrolle zu halten. Keiner darf von ihnen wissen und natürlich sollen sie auch keinen Mist bauen.

Alexa machte das schon sehr lange und wollte Unterstützung. Dafür hat sie uns ausgewählt. Übrigens hat sie uns gar nicht gefragt, ob wir ihr helfen wollten, sondern hat uns gleich Pickel und Haarausfall angedroht, wenn wir nicht täten, was sie verlangte.

Seither sind wir für sie im Einsatz. Natürlich darf davon keiner etwas erfahren, und da wir alle neugierige Geschwister haben, schreiben wir uns Botschaften in Geheimschrift. Fällt der Zettel in falsche Hände, kann nichts geschehen.

Alexa hat verschiedene Wege und Methoden, um mit uns in Kontakt zu treten. Die Bronzefiguren sind einer. Normalerweise stehen sie nur starr und kalt in unseren Zimmern. Braucht Alexa aber etwas von uns, dann fangen die Augen der Figuren zu leuchten an und aus den metallenen Mäulern kommen knarzende und knirschende Laute. Meistens sind es so nette Aufforderungen wie: „Schwingt eure Hinterteile zu mir, ihr faulen Flohbeutel." Klingt sehr unhöflich, ist aber gar nicht so schlecht. Niemand außer uns versteht, was damit gemeint ist.

Wir nehmen niemals alle drei den gleichen Weg zum Rathaus. Das wäre zu auffällig. Jede von uns geht oder radelt eine andere Strecke und so treffen wir nacheinander ein. Gemeinsam stellen wir uns dann vor die Backsteinmauer und warten auf die lila Tür.

An diesem Mittwoch hätten wir drei vor Lachen um ein Haar laut losgeprustet. Alexa, die normalerweise drei Tage lang auf demselben Fleck hocken kann, trieb Sport. Sie war mit ei-

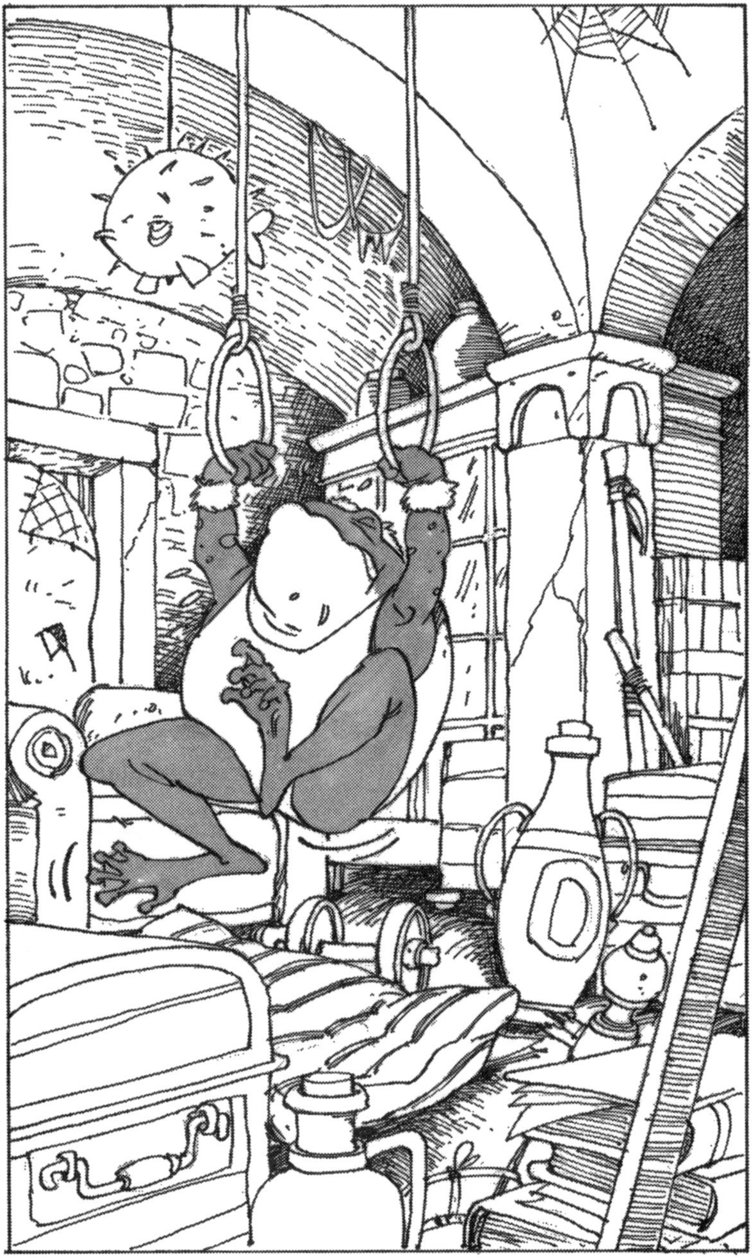

nem weißen ärmellosen Athletenleibchen bekleidet. Dazu trug sie ein Frotteestirnband und Schweißbänder an den Handgelenken (oder wie immer man das bei Kröten nennt). Schlaff baumelte sie an Ringen, die von der Decke hingen, und schaukelte schwankend hin und her. Dazu gab sie Geräusche von sich wie ein uralter Birnbaum im Sturm.

Krissi, die die größte Kichererbse von uns dreien ist, presste sofort die Hände vor den Mund. Sonst hätte sie laut losgelacht. Ich ging hinter ihr in Deckung und Vanessa tat, als müsse sie an der Wand hinter sich etwas besonders Interessantes betrachten. Dabei gab es dort nur modrige Backsteine.

Alexa ist nämlich schrecklich eitel, und wenn sie sich nicht ernst genommen fühlt, kann sie fürchterlich muffig werden.

Unter heftigem Ächzen und Fauchen versuchte Alexa etwas, das wohl ein Klimmzug sein sollte. Krissi musste sich jetzt auch noch die Nase zuhalten, um das Lachen zurückzukämpfen.

Wie ein nasser Sack ließ sich Alexa auf das Kissen plumpsen, das unter den Ringen lag, wischte sich mit den Schweißbändern über die Stirn und keuchte: „Kennt ihr noch jemanden, der so hart trainiert wie ich?“

Stumm schüttelte Krissi den Kopf, die Hände noch immer vor den Mund gepresst.

„Morgen steigere ich meine Leistung auf zwei Klimmzüge“, erklärte Alexa, die vor Stolz über sich selbst fast platzte.

Vanessa gelang es, ernst zu bleiben und zu fragen, warum wir gerufen worden waren.

„Ach ja!“ Alexa angelte sich eine Trinkflasche und spritzte sich in einem hohen Bogen Wasser ins Maul. Nachdem sie gluckernd geschluckt hatte, rülpste sie und verkündete: „Ihr drei habt euch eine Belohnung verdient.“

Wir sahen uns überrascht an. Solche Worte aus Alexas breitem Maul waren wir einfach nicht gewohnt.

„Am Montag besucht mich meine teure Freundin Portschunkula!“, fuhr sie fort.

„Port-Schunkel-was?“, fragte Krissi entgeistert und verzog das Gesicht. Keine von uns hatte je diesen Namen gehört.

„Por-tschun-ku-la“, wiederholte Alexa, jede Silbe betonend. Kopfschüttelnd meinte sie: „Ihr Mädchen von heute kennt auch nur so entsetzliche Namen wie Cindy und Windy und Wundy und Hundy.“ Sie grinste breit über ihr Wortspiel und wir lachten gekünstelt, weil wir wussten, dass sie das erwartete.

„Meine teure Freundin mit dem wunderbaren alten Namen Portschunkula ist eine gute Fee“, erklärte Alexa, während sie ihre langen Arme und Beine ausschüttelte. „Wenn ich bei ihr ein gutes Wort einlege, habt ihr drei Wünsche frei.“

Das hörte sich gut an. Wirklich gut. Wir strahlten wie die Morgensonne beim Aufgehen.

„Seid pünktlich um vier Uhr hier!“ Alexa deutete mit der Pfote energisch auf den Boden. „Portschunkula ist immer in Eile und hat nie Zeit. Kommt ihr zu spät, wird nichts aus den Wünschen. Verstanden, meine Damen?“

Wir legten die Hand an die Schläfe, wie Matrosen, die dem Kapitän salutierten.

„Jawoll, Frau Feldwebel!“, rief Krissi zackig.

„Abmarsch!“ Mit einer wedelnden Pfotenbewegung gab uns Alexa zu verstehen, dass wir entlassen waren.

Wir verließen nacheinander das Rathaus und gingen jede einen anderen Weg nach Hause. In unserer Straße trafen wir uns wieder. Vanessa keuchte heftig und war schweißnass.

„Habe doch meiner Mutter gesagt, ich sei laufen“, erklärte sie, als sie unsere fragenden Blicke bemerkte.

Krissi seufzte tief. „Schade, dass wir diese gute Fee erst am Montag treffen. Sonst hätte ich mir eine dieser Eintrittskarten zu Karas Party wünschen können.“

Die Party war noch immer unser großer Traum. Jedenfalls Krissis und meiner. Vanessa war nicht so wild darauf.

„Bestimmt steppt dort der Bär“, meinte ich träumerisch.

„Ich steppe auch gleich, wenn du nicht endlich zum Essen kommst“, rief meine Mam vom Gartentor. Wir hatten sie gar nicht kommen hören. Ob sie uns belauscht hatte?

Wir winkten einander zum Abschied zu und trennten uns.

Nach dem Abendessen habe ich noch eine Nachricht an Krissi geschickt.

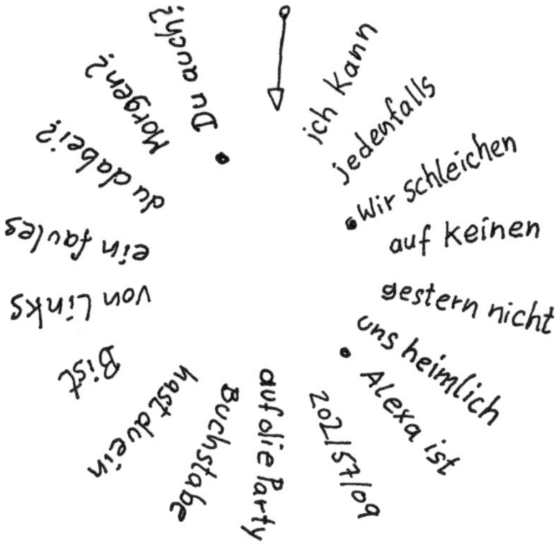

In meinem Kopf saß ein kleiner Teufel, der mir das ständig vorsagte. Ich glaubte selbst nicht daran, dass es funktionieren könnte, aber der kleine Teufel setzte mir heftig zu. Kurz vor dem Einschlafen war ich schon halb überzeugt, er könnte Recht haben.

Eine gefährliche Wette

In der großen Pause am Freitag ist es dann geschehen. Wieder einmal handelte ich mir eine große Portion Ärger ein und wieder einmal hatte es mit Nanette zu tun.

Nanette geht mit uns in dieselbe Klasse und Krissi nennt sie heimlich nur die „Großmaul-Ziege“. Der Name passt doppelt gut, denn Nanette hat erstens wirklich einen sehr breiten Mund. Vanessa, die sonst keine Witzkanone ist, meinte einmal, Nanettes Mund sei breit genug, um Briefe einzuwerfen. Außerdem reißt sie ihn immer weit auf und gibt schrecklich an.

Wir drei, wir glauben ihr kein Wort. Nanette reist in den Ferien immer nach Amerika oder in einen Ferienclub, wo echte Filmstars Urlaub machen. Ihr Vater kennt angeblich alle Leute, die wir höchstens im Fernsehen sehen, und ihre Mutter ist eine weltberühmte Schriftstellerin, die aber unter einem falschen Namen schreibt, den sie nicht verraten darf.

Bla, bla, bla, alles nicht wahr!

Einige aus unserer Klasse glauben aber, was Nanette so alles plappert. Sie hat einen kleinen

Fanclub von kichernden Mädchen, die sich noch immer ihre Lügengeschichten anhören.

Am Freitag in der großen Pause stand Nanette im Schulhof neben dem Kräuterbeet, knabberte an ihrem Brot, das angeblich nach einem Rezept des Fitnesstrainers der Hollywood-Stars zubereitet war, und verkündete: „Morgen gehe ich auf Karas Party. Ich bin eingeladen."

Selbst die kichernden Hühnchen, die ihr sonst den größten Quatsch abkaufen, machten ungläubige Gesichter.

„Ich habe eine Eintrittskarte bekommen", prahlte Nanette weiter.

Ihre Anhängerinnen berieten tuschelnd, ob sie in begeisterte Rufe ausbrechen sollten oder nicht.

Da geschah es: Vanessa, Krissi und ich standen nur drei Schritte entfernt und löffelten Haselnussjogurt. Beim Frisör hatte ich in einem dieser knallbunten Tratschblätter gelesen, dass Haselnüsse und Jogurt die Hirnleistung steigern. Seither waren wir ganz wild darauf und hofften jeden Tag, die Wirkung möge endlich eintreten.

Was geschah, war Folgendes: Nanette zog aus der Brusttasche ihrer hellen Jeansjacke die gleiche goldfarbene Plastikkarte, die uns Susanna gezeigt hatte. Ein Raunen ging durch die Reihen ihrer Bewunderinnen, die vor Staunen hin und her gerissen waren. Nanette genoss den Triumph, und nachdem alle den Duft der Karte einmal kurz hatten schnuppern dürfen, ließ sie das Ding wieder in der Tasche verschwinden. „Ich berichte euch am Montag haarklein, wie es war", versprach sie großzügig.

„Ja, bitte", hauchten die Kicherhühnchen.

„Außer mir kommt niemand unserer Altersklasse auf die Party", protzte Nanette weiter. „Aber da ich doch um einiges reifer bin als ihr, bin ich eingeladen."

Krissi bebte neben mir. Auch ich hätte jetzt gerne eine Sahnetorte zur Verfügung gehabt, wie in einem alten Klamottenfilm. Wutsch – hätte ich sie Nanette ins Gesicht geschleudert.

In dieses runde sommersprossige Gesicht, das von einem schwarzen Pagenkopf eingerahmt wird und mich immer an eine Wassermelone erinnert, der jemand eine Perücke aufgesetzt hat.

Der kleine Teufel in meinem Kopf begann von ganz allein zu reden. Allerdings benutzte er diesmal meine Stimme und alle konnten hören, was er sagte.

„Wetten, dass wir auch auf der Party sein werden?"

Der Satz hallte wie ein Echo in meinen Ohren.

Die Kicherhühnchen drehten alle gleichzeitig mit einem Ruck die Köpfe in meine Richtung. Giftige Blicke trafen mich. Ich Ungeheuer hatte es gewagt, ihren Superstar zu beleidigen.

Nanette presste die Lippen zu einem dünnen Strich zusammen.

„Wetten, dass nicht?", fauchte sie zurück. Sie musterte uns verächtlich und meinte: „Karas Party ist schließlich kein Kindergarten."

„Wetten, dass wir auf der Party sein werden?", wiederholte Krissi. Es war zu spät, sie zurückzuhalten. Das Kinn herausfordernd vorgestreckt, pflanzte sie sich vor Nanette auf. Meine Wettleidenschaft hatte sie wohl angesteckt.

Der kleine Teufel in meinem Kopf ließ auch nicht locker.

„Um was wetten wir?“, zwang er mich zu sagen. Hm, ihr versteht sicher, dass es kein echter Teufel war. Nur so eine stichelnde Stimme, der man sich nicht entziehen kann.

Nanette setzte ein seltsames Grinsen auf. Für mich sah es aus, als hätte sie absolut keine Lust zu wetten. Aus welchem Grund auch immer. Mittlerweile gab es aber kein Entkommen mehr. Die Kicherhühnchen drängten sich um ihre Edelpute und stießen sie aufmunternd.

„Los, wette! Mach sie fertig!“, flüsterten sie ihr zu.

Nanette streckte die Hand aus. Sie tat es wie ein Roboter und eindeutig nicht gerne. Krissi und ich wollten uns auch keine Blöße geben und streckten ebenfalls die Hände vor.

„Der Einsatz! Der Einsatz!“, riefen die Kicher-Hühnchen im Chor.

Vanessa versuchte Krissi und mich zu bremsen, doch es war zu spät.

„Wir wetten um unser Taschengeld. Wie viel kriegst du?“

Eines der Kicherhühnchen verkündete piepsend den Betrag, mit dem Nanette oft geprahlt hatte.

„So gut sieht's bei mir nicht aus", schränkte Krissi ein.

„Dann musst du eben mit Bix und Vanessa zusammenlegen", gab Nanette patzig zurück.

Wir konnten nicht mehr anders, wir mussten einverstanden sein. Sonst hätten wir uns zu totalen Witzfiguren gemacht.

„Das Taschengeld von drei Monaten!", erhöhte Nanette den Einsatz dann noch.

Uns dreien wurde schwummerig und meine Knie wabbelten wie grüner Gelee-Pudding. Ich hätte die Wette nur vorschlagen dürfen, wenn ich absolut siegessicher gewesen wäre. Das war ich aber ganz und gar nicht.

„Die Wette gilt", hörte ich Nanette feierlich sagen. Ich spürte, wie sich ihre Finger um meine Hand schlossen. Danach schlug sie auch noch mit Krissi ein und zum Abschluss mit Vanessa, die einen Augenblick aussah, als würde sie Nanette am liebsten mit einem ihrer Karatewürfe durch die Luft schleudern.

„Ihr habt es alle gehört", wandte sich Nanette an ihre Anhängerinnen, die in zustimmendes Gegacker ausbrachen.

Die Schulglocke schrillte blechern und aus dem Pausenhof strömten alle zurück in die Klassen. Nanette zog noch einmal das goldene Plastik-

kärtchen hervor und winkte uns damit zu. Dazu zog sie einen Mundwinkel spöttisch nach oben. Sie schien auf einmal sehr siegessicher.

Wir dagegen waren es nicht.

Ganz und gar nicht.

Uns drohte eine schaurige Pleite, sowohl was unser Taschengeld als auch was unseren Ruf an der Schule betraf. Verloren wir, würden die Kicherhühnchen dafür sorgen, dass alle davon erfuhren.

Wir hatten uns ganz schön in die Brennnesseln gesetzt. Autsch!

Wie heißt es so schön?

Schlimmer geht immer!

Ein guter Spruch, der wirklich stimmt.

Auf dem Weg von der Schule nach Hause beratschlagten wir, was wir tun könnten. Vanessa machte uns wenig Hoffnung.

„Erstens lassen unsere Mütter uns niemals von der Kette“, begann sie die Gründe aufzuzählen, warum wir bestimmt nicht auf Karas Party kamen. „Und zweitens haben wir kein passendes Kostüm, und wo sollen wir so schnell eines herbekommen? Susanna näht mit ihrer Freundin an dem weißen Kleid, wie es Prinzessin Leia im ‚Krieg der Sterne' trägt."

„Und wer bastelt für sie das passende Gesicht?", fragte Krissi spitz.

Vanessa aber war nicht nach Scherzen dieser Art zu Mute. Sie schnitt eine gelangweilte Grimasse und setzte ihre Aufzählung fort. „Drittens haben wir keine dieser goldenen Karten und viertens, fünftens und sechstens haben wir keine Chance, an den Türstehern vorbeizukommen. Susanna hat erzählt, sie seien menschliche Bulldoggen."

„Und siebtens, achtens und neuntens bist du eine alte Schwarzmalerin!", fuhr Krissi sie an.

„Schwarzseherin, wenn schon", verbesserte sie Vanessa, worauf Krissi ein Knurren von sich gab, das jeden Dobermann sofort in die Flucht geschlagen hätte.

Ich selbst fühlte mich sehr schuldig. Schließlich war ich es gewesen, die diese dämliche Wette angeboten hatte. Wieso hatte ich auf den kleinen Teufel in meinem Kopf gehört. Am liebsten hätte ich ihm den Hintern versohlt, aber jetzt war es zu spät.

„Denken wir praktisch und optimistisch", schlug ich vor. Der Satz stammt nicht von mir, sondern auch aus einer der Zeitschriften, die ich immer beim Frisör lese. „Die lächelnde Frau“ oder so heißt sie.

„Praktisch sind wir unser Taschengeld los“, sagte Vanessa bitter.

Krissi tat, als müsse sie sich die Haare ausreißen.

„Nein, nein, nein, nein, nein!“, tobte sie. „Wir wollen doch die ganze Zeit auf Karas Party, und jetzt gibt es noch einen Grund, warum wir es unbedingt schaffen müssen.“

Vanessa blickte zum Himmel, als stünde dort die Lösung. „Ich warte auf einen praktischen, optimistischen Vorschlag von euch.“

„Nervensäge“, fauchte ich sie an. Erstens war Vanessa wirklich eine Nervensäge und zweitens war ich auf mich selbst wütend, weil ich diese Wette vorgeschlagen hatte. Das ist eine Wut, die ich dann oft an anderen auslasse. Ich weiß, das ist nicht sehr fein, aber manchmal kann ich nicht anders.

Wir erreichten unsere Straße und blieben zwischen den Häusern stehen. Keine von uns hatte auch nur den Schimmer einer Idee.

„Man sieht sich“, schnaubte Krissi schließlich ärgerlich, drehte sich um und rauschte durch das Gartentor.

Mir zog sich im Bauch alles zusammen, als hätte ich unreife Pflaumen gegessen. War Krissi jetzt wütend auf mich? Alles, nur das nicht! In solch einer schlimmen Lage brauchte ich Unterstützung und Beistand.

Vanessa schüttelte den Kopf, als könne sie so viel Dummheit nicht verstehen. Sie sagte gar nichts, als sie ging. Allein blieb ich mitten auf der Straße zurück und sah meinen Freundinnen hinterher.

Zum Mittagessen gab es Spinatstrudel. Ich mag keinen Spinatstrudel und außerdem hatte ich nicht das kleinste bisschen Hunger. Ständig musste ich an die Wette und die Party denken.

Die Lösung war die goldene Karte. Aber wie konnten wir uns dieses Wunderding aus Plastik beschaffen? Wie? Als mir eine Möglichkeit einfiel, schickte ich sofort eine Nachricht an Krissi.

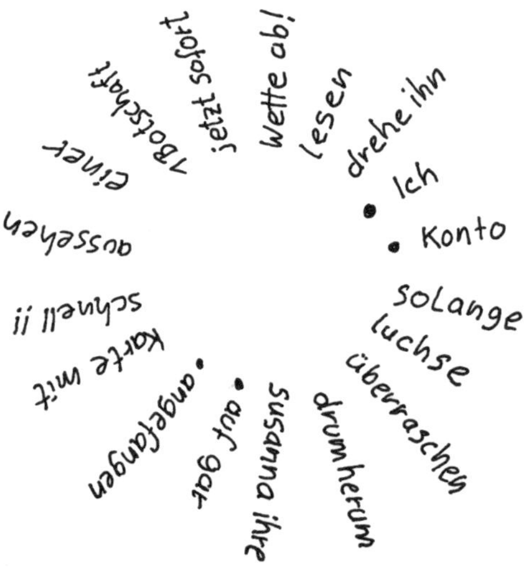

Schlimmer geht immer

Es dauerte sehr lange, bis Krissi meine Botschaft gelesen hatte. Am Freitagnachmittag hat sie nämlich immer Gitarrenstunde. Als sie endlich wieder zu Hause war, schrieb sie mir nicht, sondern rief bei mir an. Mam war mittlerweile aus dem Büro zurück und hatte unterwegs das Monster, das sich Felix nennt und nebenberuflich mein kleiner Bruder ist, vom Kindergarten abgeholt. Felix liebt das Telefon und hob ab.

„Hallo?“, hörte ich ihn unten krähen. Mein Zimmer befindet sich unter dem Dach im zweiten Stockwerk, Felix’ Sirenenstimme könnte man aber auch noch in einem Flugzeug ein paar tausend Meter über unserem Haus hören. „Hallo? Hallo? Hallo? Halli-hallo, wer sitzt am Klo?“, reimte er vergnügt vor sich hin. Das war für mich das Zeichen, nach unten zu stürzen. Sprüche dieser Art ließ Felix nur bei meinen Freundinnen ab. Ich entriss ihm den Hörer, worauf er das Gesicht verzog, als wollte er im nächsten Moment losheulen.

„Kriegst heute meinen Nachtisch“, versprach ich ihm und er zog hoch zufrieden ab.

Am Apparat war Krissi. Ohne Begrüßung platzte sie sofort heraus: „Ja, ja, ja, ja, ja, tu es!"

„Geht in Ordnung", erklärte ich locker.

„Wann steigt die Sache?"

Gute Frage. Keine Ahnung. So schnell wie möglich. Aber ich hatte noch keine Idee für eine Wette, auf die sich Susanna einlassen würde.

Die Haustür wurde von außen aufgeschlossen und Ben trat ein. Ben ist der Freund meiner Mam und wirklich ein Prachtexemplar. Er spielt sich nicht als Ersatzvater auf, sondern ist mehr wie ein Freund. Er verschont mich mit Moralpredigten und wenn es Zoff mit Mam gibt, schaltet er sich oft als Friedensrichter ein, wie in alten Wildwestfilmen. Obwohl er von Beruf eigentlich Grafiker ist und Firmenzeichen entwirft, macht er das wirklich gut, das Vermitteln.

„Kannst du bitte auflegen, ich muss dringend telefonieren", raunte er mir drängend zu. Ich tat ihm den Gefallen und schlenderte in die Küche, wo Mam Brote mit Käse belegte. Hinter mir redete Ben ziemlich aufgeregt.

„So geht das nicht. Sie schulden mir schon jetzt zu viel Geld. Ich weiß, dass sie die Reinzeichnung des Plakates für die Ausstellung brauchen, aber ich will endlich mein Honorar. Nein, bis Montag kann ich nicht warten. Das ist mir zu riskant. Ich verlange zumindest eine Sicherheit."

Nachdem er aufgelegt hatte, strubbelte er sich mit den Händen durch die Haare und schnaubte wie ein Walross.

„Diese Typen, die die Weltraumausstellung bei uns in der Stadt machen, kommen vom Jupiter!", schimpfte er. „Schaffen für teures Geld aus Amerika Originalkostüme und Raumschiffmodelle von allen möglichen erfolgreichen Science-Fiction-Filmen und Science-Fiction-Serien herbei, aber mir bleiben sie mein Geld schuldig."

„Was möchtest du als Sicherheit? Einen Raumanzug?", versuchte Mam ihn aufzuheitern.

„Keine schlechte Idee", gab Ben zurück.

„Haben sie auch das Kostüm von Prinzessin Leia aus dem Krieg der Sterne?“, platzte ich heraus.

Ben nickte sofort. „Das habe ich schon gesehen. Sie ist auch auf dem Plakat, das ich für die Ausstellung gemacht habe.“

„Bitte, leih dir das aus“, hörte ich mich sagen.

„Würde dir das Freude machen?“, staunte Ben.

Ich nickte einmal kurz.

„Na gut, dann soll es so sein.“ Ben machte einen zweiten Anruf und nur eine Stunde später erschien ein verschwitzter rotgesichtiger Bursche, der tatsächlich ein Kleid aus dünnem weißem Stoff ablieferte. Es steckte in einer durchsichtigen Plastikhülle mit der Aufschrift „Original! Vorsicht!“ Ben überreichte im Gegenzug eine Mappe mit dem Plakat und dazu eine CD, auf der die Bilddaten gespeichert waren.

„Am Montag kriegen Sie die Kohle. Und wenn das Kleid Flecken hat, kriegen Sie außerdem Ärger!“, drohte der Rotgesichtige.

Ben gab ein gelangweiltes „Ja, ja“ von sich und machte dem Wichtigtuer die Tür vor der Nase zu.

Vielleicht konnte aus meinem Unglückstag doch noch ein Glückstag werden.

Nach dem Abendessen durfte ich noch zu Krissi. Sogar das Kleid durfte ich mitnehmen, allerdings mit hundert Ermahnungen, ja keinen Fleck hineinzumachen. Als ob ich mich sonst im Dreck suhle wie ein Ferkel. Also wirklich! Manchmal frage ich mich, wieso sich Eltern diese vielen Ermahnungen nicht verkneifen können.

Krissi war vollkommen von den Socken und für mindestens zehn Sekunden sprachlos. Wer sie kennt, der weiß, was das bedeutet. Wir legten das Kleid sorgfältig zusammen und stopften es in eine große Plastiktüte, in der Krissis Mutter einen Anzug für Herrn Kiska heimgebracht hatte. Dann sind wir hinüber zu Vanessa. Als sie uns öffnete, rollte sie die Augen und stöhnte: „Juliana ist da. Susannas Freundin. Sie machen gerade Theater wegen ihrer Kostüme. Als ob morgen die Krönung der englischen Königin stattfände und sie die Brautjungfern wären."

„Brautjungfern gibt es bei einer Hochzeit", meinte ich oberschlau und erntete dafür ein genervtes Aufstöhnen meiner Freundinnen.

Vanessas große Schwester und Juliana waren im ersten Stock. Schon in der Diele konnte man sie kichern und quieken hören.

„Aua, pass doch auf! Da war noch eine Stecknadel drin", beschwerte sich Susanna.

„Ach, Susanna, du siehst hinreißend aus!", schwärmte ihre Freundin.

Ich holte tief Luft und richtete mich auf. Für diese Wette brauchte ich viel Überzeugungskraft. Das wusste ich. „Stehen Sie immer gerade, wenn Sie mehr Gehalt haben wollen!“, hatte ich – ihr wisst schon wo – ja, in einer Zeitschrift beim Frisör gelesen. Für mich ging es nicht um mehr Gehalt, sondern um die Rettung meines Taschengeldes.

Im Wohnzimmer fläzte sich Herr Reininghaus auf dem Sofa und schaute Nachrichten. Vanessas Mutter sortierte Post oder so. Wir grüßten flüchtig und traten dann den Marsch nach oben an. Krissi hielt sich mit dem Plastiksack im Hintergrund.

Vanessa klopfte und erhielt ein unwilliges „Draußen bleiben!“ als Antwort. Unbeeindruckt öffnete sie die Tür und wir traten ein.

Ich bin jetzt wirklich nicht gemein, aber der weiße Fummel, den Susanna sich da übergeworfen hatte, erinnerte nicht an Prinzessin Leia, sondern höchstens an ein zerknittertes Nachthemd, an dem ein neues Glattbügelmittel erprobt werden sollte. Noch lächerlicher sah nur Juliana aus, die weizenblonde Haare hat und in einem hautengen Kleid mit äyptischen Mustern dastand. Um den Hals trug sie eine Gummischlange. Sie sah aus wie Kleopatra, die den Kopf in weiße Farbe getaucht hatte.

„Kein Zutritt für Junggemüse!“, sagte Susanna schnippisch.

In der Schule spiele ich in der Theatergruppe. Obwohl ich noch nie eine Hauptrolle bekommen habe, bin ich wirklich gut. Das finden auch Krissi und Vanessa. Es war jetzt Zeit für einen starken Auftritt.

„Hmmmmm“, machte ich gedehnt und betrachtete das weiße Ding mit der Miene eines gutmütigen Lehrers, der dir während der Klassenarbeit über die Schulter guckt und sieben Fehler auf einen Blick entdeckt. „Hmmmmm“, machte ich noch einmal und stützte das Kinn in die Hand.

„Was soll dieses ‚Hmmmm‘?“ Susanna war gereizt. Das weiße Nachthemd kniff sie ziemlich unter den Armen. Das konnte selbst ich sehen.

„Verglichen mit dem ECHTEN Kostüm von Prinzessin Leia stimmen da eine ganze Menge Details nicht“, stellte ich fachmännisch fest. Der Chefarzt in meiner Lieblingsarztserie im Fernsehen hätte es nicht besser sagen können.

„Woher weißt du schon, wie das ECHTE Kostüm aussieht!“, blaffte mich Susanna an. Sie streckte die Hände vor und wollte Vanessa und mich aus dem Zimmer drängen.

„He, du wirst dich lächerlich machen“, warnte ich sie. „Kara trägt bestimmt ein ECHTES Filmkostüm. Ich hätte ja auch eines, aber leider hat sie mich nicht eingeladen."

Susanna stutzte. „Was für ein Kostüm hast du?"

„Das echte Prinzessin-Leia-Kostüm", antwortete ich ganz nebenbei, als hätte jeder so ein Kostüm daheim bei den Putzlappen hängen.

Juliana wand sich, wie Mutti das manchmal tut, wenn Felix nur Quatsch von sich gibt.

„Verduftet", knurrte Susanna und schob uns weiter.

Da schlug ich zu. Bei Wetten ist die Überraschungstaktik die beste. „Wetten, dass ich dir das echte Prinzessin-Leia-Kostüm zeigen kann?"

„Kleine Schwestern erfinden wirklich die dümmsten Ausreden, wenn sie einem auf der Pelle kleben wollen", tönte Juliana.

„Na gut, wir wetten", leierte Susanna, als wäre ich ein quengelndes dreijähriges Mädchen. „Um was wetten wir denn? Um einen Blumentopf oder um deine Babypuppe?"

„Wenn schon, dann um deine Eintrittskarte", feuerte ich zurück.

„Von mir aus", sagte Susanna und tat so, als müsse sie vor Langeweile gähnen.

Sofort streckte ich ihr die Hand hin. Schlaff schlug sie ein, warf einen Blick über die Schulter zu Juliana, der wohl sagen sollte: „Diese dämlichen Dinger gehören am besten in den Zoo."

„Die Wette gilt", erinnerte ich sie.

„Ja, ja", sagte sie und drehte sich weg. Ich aber schnippte nach Krissi, die um die Ecke bog und aus dem großen Einkaufssack das Kostüm in der Plastikhülle zog. Susanna drehte uns den Rücken zu, Juliana aber sah es. Zuerst zog sie die Stirn kraus, dann weiteten sich ihre Augen und schließlich bedeutete sie Susanna, sich umzudrehen.

Susanna klappte die Kinnlade hinunter. Schnell schloss sie den Mund wieder, kam herablassend näher und griff nach der Plastikfolie, als handle es sich um ein billiges Leintuch.

„Beachte bitte das Schild", forderte ich sie auf, und einen spitzen Unterton konnte ich mir wirklich nicht verkneifen.

Drei Sekunden später war Susanna so weiß wie das schlecht genähte Prinzessin-Leia-Kleid, das sie trug. Mit Mühe brachte sie heraus: „Wo hast du das her?"

„Aus der Ausstellung der Originalkostüme der berühmtesten Weltraumfilme", antwortete ich knapp und wackelte fordernd mit den Fingern. „Und jetzt her mit der Eintrittskarte!"

Die Lippen zusammengepresst schüttelte Susanna energisch den Kopf.

„Vergiss es!“

„Spielschulden sind Ehrenschulden“, erinnerte ich sie.

„Wer spielt hier?“, erklang eine Stimme von hinten. Ich fuhr herum und wusste im nächsten Augenblick, dass diesmal ich verloren hatte. Was mir bevorstand, das ahnte ich.

Frau Reininghaus war aufgetaucht und hatte uns anscheinend belauscht.

Noch kämpfte Susanna mit sich, ob sie die Sache mit der Wette ausplaudern sollte. Eigentlich hätte sie überhaupt nicht zu überlegen brauchen, denn ihre Mutter unterzog uns einem strengen Verhör, bei dem sie mühelos alles aus uns herausbrachte, was sie wissen wollte. Sie erfuhr nicht nur von der Wette mit Susanna, sondern auch von den anderen Wetten, die ich gewonnen hatte. Statt mir zu gratulieren, schwang sie den erhobenen Zeigefinger und hielt mir einen Vortrag darüber, wo solche Leidenschaften enden können.

„Ich kenne jemanden, der hat mit solchen Wetten begonnen, später in Pferderennen gesetzt und um Geld Karten gespielt und schließlich alles verloren. Sein Vermögen, sein Haus, alles. Willst du auch so enden, Bix?“

Nein, natürlich wollte ich das nicht. Ich wollte nur auf Karas Party. Was heißt, ich wollte? Ich

musste! Sonst verlor ich nicht nur mein Taschengeld, sondern auch das Taschengeld meiner besten Freundinnen, die danach wohl kaum noch meine besten Freundinnen sein würden.

„Da muss ich ein ernstes Wort mit deiner Mutter reden!“, kündigte Frau Reininghaus an.

Schlimmer geht immer.

Meine Mam ist wirklich in Ordnung. Kommt allerdings Vanessas Mutter und hält einen Vortrag über Kindererziehung, so packt Mam immer das schlechte Gewissen. Die Tage danach sind eine einzige Katastrophe. Als Frau Reininghaus einmal berichtete, sie habe gelesen, wie schädlich

Gummibären für den Knochenbau von Kindern seien, vernichtete Mam alle Vorräte und verbot uns, auch nur in die Nähe eines Gummibärchens zu kommen. Später stellte sich heraus, dass die Geschichte nur so eine Art Aprilscherz einer Zeitung gewesen war. Doch für unsere Gummibärchenvorräte kam diese Meldung zu spät.

Ich ahnte, was geschehen würde, wenn Mam von meinen Wetten und den düsteren Prophezeiungen von Vanessas Mutter erfuhr.

Es war ein schwarzer Freitag für mich. Fragt mich nicht, wie ich alles überstanden habe. Meine letzte Nachricht an Krissi an diesem Tag lautete:

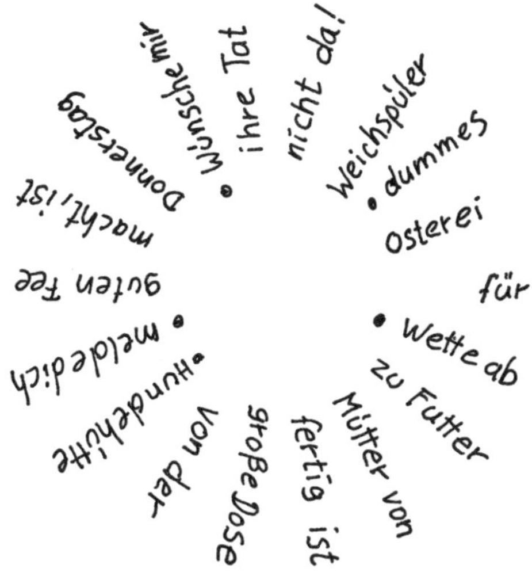

Stell dir vor ...

Die schlechten Neuigkeiten:

Meine Mam hat geschlagene dreiundzwanzig Minuten auf mich eingeredet und jeden zweiten Satz mit den Worten beendet: „Ach, Bix, ich mache mir manchmal so große Sorgen um dich."

In solchen Momenten will ich sie ganz fest an mich drücken und ihr versichern, dass ich sie lieb habe und sie von Sorgen höchstens graue Haare bekommt.

Unter Mams strengen Blicken musste ich alles zurückgeben, was ich beim Wetten gewonnen hatte. Mam holte Krissi und Vanessa zu uns ins Haus und in der Diele fand die feierliche Rückgabe statt. Mein Kopf war knallrot, meine Ohren glühten wie die von Felix, wenn er wieder einmal das Badezimmer überschwemmt hat und behauptet, es seien drei Außerirdische gewesen.

Und weil es immer auch schlimmer geht, erhielt ich als Strafe Hausarrest für Samstag und Sonntag. Meine beiden besten Freundinnen machten sehr betroffene Gesichter, denn damit hatten wir die Wette endgültig verloren und waren die nächsten drei Monate pleite.

Mam hat ein großes und sehr weiches Herz. Sie dachte, Krissi und Vanessa seien voll des Mitleids, und weil sie nicht als so streng und gemein dastehen wollte, milderte sie ihr Urteil.

„Ihr zwei dürft Bix besuchen und ihr Gesellschaft leisten“, entschied sie. „Ben und ich sind morgen Abend zu einem Fest eingeladen und Felix übernachtet bei einem Kindergartenfreund.“

Das war wieder eine gute Nachricht. Hoffnungsvoll zwinkerten wir uns zu. Zum Glück bemerkte es Mam nicht.

An diesem Abend konnte ich nicht einschlafen. Ich lag auf dem Rücken in meinem Bett, mein

Trostschaf im Arm (das ist ein Kuschelschaf, das ich immer nehme, wenn ich dringend Trost brauche) und starrte zur Decke. Der Lichtschein der Straßenlaterne, der durch das Fenster fiel, malte graue Schatten über meinen Kopf.

Aus dem Wohnzimmer im ersten Stock drangen gedämpfte Stimmen. Mam und Ben saßen noch zusammen und unterhielten sich. Ich konnte mir denken über wen.

Ich gestehe, dass ich neugierig bin. Deshalb verließ ich auch mein Bett und tappte zur Tür. Ich musste sie nur einen Spaltbreit öffnen und konnte schon verstehen, was geredet wurde. Das Gespräch lief ungefähr so ab:

Mam: Frau Reininghaus hat Recht. Wo soll diese Wettleidenschaft enden?

Ben: Du siehst das ein bisschen eng. Ich glaube nicht, dass Bix nächstes Jahr die Schule aufgibt und nur noch auf der Pferderennbahn zu finden ist.

Mam: Warum tut sie es überhaupt?

Ben: (schüchtern) Weil's Spaß macht.

Mam: Spaß? Hmmm ... vielleicht wirklich.

Ben: Hast du nie Sachen gemacht, die einfach nur Spaß machen?

Mam: (kichert) Oh doch! Ich habe immer die Kleider meiner Mutter anprobiert, ihr Parfüm benutzt und die grässlichen Zöpfe aufgelöst, die sie mir so gerne geflochten hat. In der Schule hatte ich dann Locken, auf dem Heimweg mussten mir meine Freundinnen wieder neue Zöpfe flechten.

Ben: Und aus dir ist trotzdem was geworden.

Mam: Es hat Spaß gemacht. Da hast du schon Recht.

Ben: (seufzt) Bei mir war es auch nicht anders. Alles, was Spaß gemacht hat, war verboten.

Ich gähnte hinter der halb offenen Tür. Eines der größten Rätsel der Welt lautet für mich: Wieso machen Erwachsene Dinge, die ihnen als Kinder auf den Keks gegangen sind? Es wäre doch höchste Zeit, etwas zu ändern. Ab heute sollte das Motto lauten:

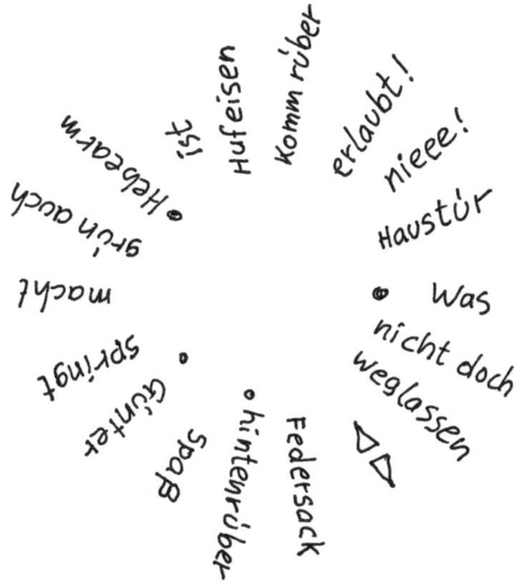

Hausarrest ist eine besonders ungerechte Strafe. Sie gilt immer nur, wenn man gerne hinaus möchte. Für die Schule werden aber immer Ausnahmeregelungen getroffen.

Ich finde, wenn schon Hausarrest, dann wirklich! Mutti war aber sofort bereit, den Arrest zu unterbrechen, damit ich den Test ablegen konnte, der an der Schule geschrieben wurde. Das Wort Konsequenz kennen Erwachsene auch nur, wenn es um weniger Süßigkeiten, kein Fernsehen oder mehr Lernen geht. Dabei gilt es für Hausarrest doch genauso.

Etwas Gutes hatte Mams Entscheidung aber immerhin auch. Auf dem Weg zur Schule konnten Krissi, Vanessa und ich wenigstens ausgiebig quasseln.

„Stellt euch vor, alles was Spaß macht, wäre erlaubt!“, schwärmte ich.

Krissis Augen leuchteten auf.

„Eis essen, ohne Bauchweh zu bekommen. Popcorn mampfen, bis der Bauch kugelrund ist. Auf alle Partys gehen.“

Vanessa hatte den Kopf nachdenklich zur Seite gelegt. „Schwestern Eiswürfel ins Bett legen. Schwestern eine Bürste unter das Laken stecken. Schwestern Seife unterjubeln, die Hände und Gesicht blau färbt.“

Bewundernd sahen wir sie an. „Woher hast du diese vielen Ideen?"

„Ach." Ein Schulterzucken von Vanessa. „Wenn ein Fluch auf dir lastet und du mit Wanda und Susanna geschlagen bist, geht dir so einiges durch den Kopf."

„Einmal im Matsch wälzen, wie ein Wildschwein!", platzte ich heraus. Der Blick meiner Freundinnen war besorgt.

„Äh, wie meinst du das?", wollten sie wissen.

„Felix wirft sich jeden Tag mindestens zweimal in den Dreck. Seine Hosen stehen am Abend von allein. Mam nimmt es mit einem kleinen Seufzen zur Kenntnis, so nach dem Motto: Tja, ein Junge ist nun mal so! Bei mir aber kriegt sie die Krise, wenn auch nur zwei kleine Spritzer Schokoeis auf einem T-Shirt auftauchen. Deshalb möchte ich mich einmal im Matsch rollen und suhlen. Das wäre eine Wonne. Außerdem ist es gesund. Stand jedenfalls in …"

„… der Zeitschrift, die ich immer beim Frisör lese", beendeten meine Freundinnen den Satz für mich.

Alle drei atmeten wir schnaufend aus. Der Grund dafür war die Erkenntnis, dass so vieles, was Spaß macht, verboten blieb. Der zweite Grund war Nanette, die aus einer Seitengasse

auftauchte. Rund um sie hüpften wieder ihre Kicherhühnchen. Statt einer Begrüßung blaffte Nanette: „Damit wir uns richtig verstehen, ich will am Montag Beweise sehen."

„Wofür? Für deine Doofheit?", blaffte Krissi zurück. „Schau doch in den Spiegel, das genügt!"

Die Kicherhühnchen plusterten sich empört auf. Nanettes Lippen verschwanden fast im Mund.

„Beweise, dass ihr auf der Party wart", zischte sie wie eine Kobra, die vorhatte zuzubeißen.

Ich verstand nicht, wie sie das meinte. „Wir sehen dich doch dort ohnehin." Im Stillen fügte ich hinzu: Oder nicht. Natürlich sagte ich das nicht laut.

„Auf der Party sind zu viele Leute. Dann behauptet ihr, ihr hättet mich nicht gefunden. Diese faule Ausrede lasse ich nicht gelten. Bringt einen eindeutigen Beweis am Montag, oder die erste Rate eures Taschengeldes."

Die Kicherhühnchen nickten bekräftigend. Nanette reckte das Kinn in die Höhe und dampfte davon.

Krissis Blick fiel auf den plätschernden Springbrunnen im Park, an dem wir gerade vorbeikamen.

„Es wäre wirklich ein großer Spaß, Nanette in

den Springbrunnen zu schubsen!", stellte sie grimmig fest.

„Leider verboten", seufzten Vanessa und ich im Chor.

Der Test war einfacher, als ich gedacht hatte. Ganz bestimmt machte ich unserer Schule keine Schande. Für eine Stunde lenkte er mich auch ab und ich musste nicht ständig an Nanette und die Party denken. Für weitere Besprechungen mit Krissi und Vanessa blieb nach der Schule keine Zeit. Mam holte uns mit dem Auto ab. In ihrer Gegenwart konnten wir auf dem Heimweg na-

türlich nicht reden. Sie bestand auch darauf, dass ich sofort ins Haus ging. Ich konnte meinen Freundinnen gerade noch zuwinken, dann fielen rasselnd die Gittertüren hinter mir zu.

Also das mit den Gittertüren ist natürlich übertrieben, aber es kam mir schon so vor.

Am Nachmittag, als ich in meinem Zimmer am Tisch hockte, den Kopf in die Hände gestützt, und aus dem Fenster glotzte, traf eine Nachricht von Krissi ein.

Was sollte das bedeuten? Ich wollte schon zurückschreiben: „Hast du einen Vogel?“, tat es dann aber doch nicht. Krissi beleidigen wollte ich nicht. Ihre Frage hatte bestimmt einen Grund.

Das Telefon klingelte, und da Mam und Ben im Garten waren, musste ich einfach abheben, obwohl ich bei Hausarrest auch nicht telefonieren darf.

Krissi war dran und sagte „Du King Kong, ich Jerry, die Maus, und Vanessa Tom, der Kater.“

Sie redete gehetzt, als wären sieben Geheimagenten hinter ihr her.

„Äh ... Krissi ... was?“

„Mitdenken!“, verlangte sie. „Du King Kong, ich Maus, Vanessa Kater. Hollywoodstars.“

Jetzt klingelte es. Sie meinte damit Verkleidungen für die Party

„Ob das klappt?“, bezweifelte ich.

Hinter mir räusperte sich Mam.

„Falsch verbunden“, sagte ich schnell und legte auf. Mams tadelnden Blick beantwortete ich mit: „Hätte auch die Mutter von Felix’ Freund sein können. Du doch. Vielleicht hat er sich wieder ei-

nen Kirschkern in die Nase gebohrt oder den Hund gebissen. Ist alles schon vorgekommen."

Mam schwieg und ich zog mich verlegen grinsend schnell nach oben zurück.

Krissi war also fest entschlossen, doch noch auf Karas Party zu gehen. Obwohl unsere Mütter das niemals erlauben würden. Mittlerweile ging es nicht mehr um den Spaß, sondern vor allem um die Wette. Ich konnte es kaum erwarten, bis Mam und Ben endlich zu ihrer Einladung aufbrachen. Vanessa und Krissi begegneten ihnen, als sie gerade ins Auto einstiegen.

„Habt einen netten Abend", wünschte ihnen

Mam. Ich hörte sie durch das offene Fenster. „Aber Bix darf das Haus nicht verlassen. Verstanden?"

Krissi setzte ein beleidigtes Gesicht auf. „Frau Taler, was denken Sie von uns?"

Ben lachte und ließ den Motor an. Ich öffnete meinen Freundinnen die Tür. Krissi schleppte eine prallvolle Plastiktüte an, in der es verdächtig klimperte und klapperte.

„Ich habe alles zusammengerafft, was ich finden konnte", begann sie.

Vanessa und ich verstanden kein Wort.

„Es gibt nur eine einzige Möglichkeit, bei Kara eingelassen zu werden: Wir machen uns jetzt die tollsten Verkleidungen, in denen uns aber keiner erkennt. Die Türsteher müssen total platt sein und vergessen, nach unseren Eintrittskarten zu fragen."

Ob das erfolgreich sein könnte? Ich glaubte es nicht so recht. Krissi aber ist in solchen Dingen sehr hartnäckig. Sie leerte den Inhalt der Tüte einfach auf den Boden der Diele. Heraus fielen Tiegel und Dosen mit Faschingsschminke, falsche Nasen und Bärte, ein Affenkopf, ein Mäusekopf und ein Aliengesicht aus Gummi zum Überziehen und viele andere Sachen, die Krissi und ihre Brüder im Fasching verwendeten.

„Wann werden deine Mam und Ben zurückkommen?“, wollte sie von mir wissen.

„Nicht so früh. Wahrscheinlich erst gegen Mitternacht“, antwortete ich.

Krissi war sehr zufrieden. „Dann bleibt uns reichlich Zeit. Mädels, an die Arbeit. Verwandelt euch. Denkt daran, dass Susanna unter keinen Umständen Verdacht schöpfen darf, selbst wenn wir vor ihr stehen.“

Langsam machte mir Krissis Idee Spaß. Vielleicht gelang es uns wirklich, auf die Party zu gehen. Das wäre eine Sensation, die erstens unser Taschengeld retten und zweitens unseren großen Wunsch in Erfüllung gehen lassen würde.

Wir probierten die Masken an und malten uns mit der Schminke wilde Muster ins Gesicht. Krissi versprühte eine ganze Dose Haarspray und formte ihre Haare zu einem wilden Irokesenkamm, Vanessa formte ihr kurzes Haar zu Igelstacheln. Meine dünnen Federn erwiesen sich als widerspenstig und standen weg, als hätte ich in eine Steckdose gefasst.

Wir pinselten, schminkten, kämmten und probierten, bis es nach acht Uhr am Abend war. Immer wieder versuchten wir etwas Neues und als wir schließlich in den Spiegel sahen, glotzten uns drei knallbunte Vogelscheuchen entgegen.

„Bestens“, spottete Vanessa. „Wer uns so sieht, ergreift kreischend die Flucht.“

„Hat es keinen Film gegeben, in dem solche – äh – Wesen wie wir vorgekommen sind?“, versuchte Krissi zu retten, was zu retten war.

Aus dem Garten drangen Stimmen. Der Schreck fuhr mir so heftig in den Bauch, dass ich auf der Stelle auf die Toilette stürzen musste. Sicher war Mam vorzeitig zurück, und wenn sie das Chaos in der Diele sehen würde, könnte ich mich auf weiteren Hausarrest gefasst machen.

„Sie sind wirklich reizende Mädchen, die die Belohnung verdient haben“, hörte ich Alexa durch das gekippte Klofenster auf jemanden einreden. Mein Herz jagte trotzdem noch immer heftig und hämmerte gegen meine Rippen.

„Juhu, Mädchen“, trällerte Alexa honigsüß von draußen. So freundlich hatte ich sie noch nie erlebt. Als wir uns nicht sofort zeigten, wurde sie ungeduldig und gab mehr bellend von sich: „Na los, zack-zack, Portschunkula hat wenig Zeit!“

Zum Abschminken oder Haarebürsten kamen wir nicht mehr. Mit unseren wilden Frisuren und verschmierten Gesichtern mussten wir auf die Terrasse hinaustreten.

Alexa hockte in Mams Kräuterbeet und kaute am Schnittlauch. Bei unserem Anblick blieb ihr

das breite Maul offen stehen. Neben ihr schwebte ein Wesen, das Ähnlichkeit mit einem Riesenglühwürmchen hatte.

„Reizende Mädchen, ja?“, leierte es höhnisch.

„Was ist mit euch los? Seid ihr in den Farbtopf gefallen?“, zeterte Alexa.

„Wir streichen Bix’ Zimmer neu“, log Krissi.

Erleichtert über die Erklärung, wandte sich Alexa an ihre Freundin.

„Da hörst du es, Portschunkula. Sind sie nicht hilfsbereit und gut, die Kinderchen?“

Meine Augen hatten sich an das helle Licht gewöhnt, das das Riesenglühwürmchen verstrahlte. Ich konnte ein gelangweiltes Gesicht, schwirrende Flügel und ein wallendes Kleid ausmachen, das irgendwann einmal weiß gewesen sein musste. Jetzt sah es aus wie in Tee getaucht. Außerdem wehte mir ein strenger Geruch in die Nase. Gab’s das? Roch die gute Fee nach Kuhstall?

„Alexa, ich bin saumüde und habe null Bock auf Wünsche erfüllen“, knurrte die gute Fee.

Hinter vorgehaltener Pfote raunte uns Alexa zu: „Sie hat schlechte Laune, weil sich ein Witzbold gewünscht hat, sie möge in einer Jauchegrube landen. Und weil sie jeden Wunsch erfüllen muss, ging es platsch.“ Hinter vorgehaltenen Pfoten gluckste Alexa in sich hinein.

„Gibt es bei dir was zu futtern?“, wollte die Fee wissen.

Alexa machte ein betretenes Gesicht. „Wenn du Chips magst, gebe ich dir gerne was ab.“

„Du weißt, ich muss auf meine Figur achten“, schimpfte die gute Fee verärgert.

Dieses Problem kannte ich gut. „Dürfen es ein paar Gemüsesticks sein?“, bot ich an.

Das stinkende Feenwesen setzte eine leidende Miene auf. „Ich mag dieses rohe Zeug nicht. Hast du keinen Tofu?“

„Das ist Sojakäse“, übersetzte Vanessa.

„Weiß ich“, brummte ich zurück. Meine Mam bringt das glibbrige Zeug immer wieder nach Hause, und Felix nennt es Monsterhaut, weil es so grau und wabbelig ist. Im Kühlschrank hatte ich eine Packung gesehen, jedenfalls glaubte ich das. Ich lief los und fand tatsächlich einen kleinen Ziegel Tofu.

„Wenigstens was“, kam es unfreundlich von der Fee. Von Dankbarkeit schien sie wenig zu halten. Sie schnüffelte an ihrem Gewand und schnitt eine angeekelte Grimasse.

„Ich brauche ein Bad. Hast du wenigstens eine Badewanne?“, wandte sie sich an Alexa.

„Hör mal, ich bin eine Kröte. Denkst du, ich nehme Sandbäder?“

„Dann ab zu dir! Du grillst den Tofu und ich versuche, mir den Gestank abzuschrubben.“ Die Fee ließ die Flügel schwirren und stieg in die Luft.

„Moment, Portschunkula!“, rief ihr Alexa hinterher. „Jetzt stell dich nicht so an, wenn ich dich einmal in hundert Jahren um einen Gefallen bitte. Schenk den Mädchen …“, sie sagte es, als wären wir Stinktiere, „… drei Wünsche!“

Nach kurzem Zögern schwenkte die Fee gelangweilt ein dünnes Stäbchen, an dem Kuhdreck klebte. Ein paar glühende Tropfen fielen herab. Sie erinnerten an ein Feuerwerk, das nass geworden war. „Gewährt“, erklärte sie sachlich wie eine Frau in einem Amt, in dem man neue Ausweise beantragt, und schwirrte endgültig ab.

„Ab jetzt hütet euch, die Worte ‚Ich wünsche mir’ oder etwas Ähnliches in den Mund zu nehmen“, schärfte uns Alexa ein. „Was auch immer dahinter ausgesprochen wird, geschieht.“

Wir nickten im Gleichtakt. Die Kröte setzte sich schwerfällig in Bewegung und verschwand zwischen den Blättern der Hecke. Wir hörten sie noch lange darüber schimpfen, dass sie nicht fliegen konnte.

Da standen wir nun und ein Wunder war für uns wahr geworden. Wir besaßen drei Wünsche.

Krissi strahlte wie ein frisch poliertes Goldstück. „Sorgen, tschüss!“, rief sie übermütig und fasste uns an den Händen. „Wir wünschen uns ganz einfach auf Karas Party!“

Ein grelles Licht flammte auf. Heller und heißer als der Blitz einer Kamera. Geblendet mussten wir die Augen zusammenkneifen. Die linde Nachtluft des Gartens verwandelte sich in einen Sturm. Für Sekunden waren unsere Ohren nur mit Rauschen und Dröhnen erfüllt. Danach legte sich der Wind und wir hörten Musik.

Leise stöhnte ich auf.

Außer Kontrolle

„Ups“, kam es von Krissi.

Wir wagten es nicht, die Augen aufzureißen. Vorsichtshalber spähten wir nur durch die Wimpern. Gleich hatten wir schreckliche Gewissheit. Was wir uns so lange gewünscht hatten, war Wirklichkeit geworden!

Wir standen mitten auf Karas Party!

Ich sah Vanessa und Krissi an, auf Krissis wilde Mähne mit den blutroten und giftgrünen Strähnen und auf Vanessas Igelborsten. Ich sah die verschmierte Schminke in ihren Gesichtern und warf einen Blick auf die schlabbrigen Pullis und ausgebeulten Hosen, die sie trugen.

Selbst sah ich um nichts besser aus. Ich trug eine graue Jogginghose mit einem Loch auf der rechten Pobacke, durch das meine Unterhose blitzte. Extra zum Schminken hatte ich ein uraltes Hemd angezogen, das früher einmal Ben gehört hatte und auf der Brust zwei dunkle Flecken hatte.

Noch hatte uns keiner bemerkt. Dabei waren wir von lauter verkleideten Schülerinnen und Schülern aus unserer Schule umgeben. Alle quas-

selten durcheinander, da und dort quiekte jemand hoch und schrill, an allen Ecken wurde gekichert und gelacht.

Wie versteinert standen wir also da, verboten hässlich. Ich wünschte mir, der Boden würde sich auftun und uns alle drei verschlingen. Puh, bin ich froh, dass ich das nicht laut ausgesprochen habe, sonst würden wir wahrscheinlich bereits bis zum Hals im Rasen stecken.

Aus Lautsprechern dröhnte Musik. Der Rhythmus ließ den Boden unter unseren Füßen vibrieren. Alle Fenster des Hochzeitstorten-Hauses waren hell erleuchtet und auf einem Erkerbalkon stand Kara in einem hautengen knallroten Glitzerkleid und neben ihr ein Mann, der aussah wie James Bond. War es der echte Schauspieler? Oder eine Art Doppelgänger? Kara winkte von oben ihren Gästen zu und stieß entzückte Schreie aus, wenn sie jemanden erkannte.

„Wir schnappen ein Beweisstück und dann nichts wie weg“, schrie ich Krissi ins Ohr.

„Hä?“, machte sie, weil die Musik einfach zu laut war.

Vanessa zuckte zusammen und duckte sich hinter uns. Der Grund hieß Susanna, die am Arm eines schlaksigen Jungen nur drei Schritte von uns entfernt vorbeischlenderte. Der Bursche trug Jacke und Hut von Indiana Jones, schlurfte aber dahin wie dieses langohrige Wesen aus dem Krieg der Sterne.

„Was seid denn ihr?“, kreischte jemand schrill neben uns. Entsetzt fuhren wir herum und sahen in ein schneeweißes Gesicht. Aus dem Mundwinkel troff ein roter Tropfen. Leider bin ich sehr leicht zu erschrecken, und leider hatte ich bis zu diesem Moment noch nicht erkannt, wo genau wir im Garten standen.

„Ich bin Drakulas Braut“, verkündete das Mädchen mit Grabesstimme. Den letzten Teil des Satzes bekam ich nicht mehr ganz mit, weil ich einen Schritt nach hinten gemacht hatte – einen

Schritt ins Bodenlose. Ich ruderte mit den Armen, versuchte mich an Krissi festzuhalten, rutschte aber wieder ab und stürzte. Über mir schlug das Wasser zusammen, gurgelnd versank ich im Becken. Vor Schreck hatte ich den Mund aufgerissen, bekam Wasser in die Kehle und glaubte, ersticken zu müssen. Der Pool war tief und ich fand nicht mehr nach oben. In Panik schlug ich um mich und traf dabei etwas Hartes, wahrscheinlich den Schwimmbeckenboden.

Das Würgen in meiner Kehle war nicht auszuhalten und ich hatte den Drang, tief einzuatmen.

Obwohl ich erst ein paar Sekunden unter Wasser war, erschien es mir wie zehn Minuten.

Ich würde das nicht überleben.

Immer heftiger ruderte ich mit den Armen, ohne aber die Wasseroberfläche zu durchstoßen. Auf einmal hörte ich ein Geräusch, als wäre noch jemand hineingefallen. Etwas stieß gegen mich. Da war eine Hand, die mich packte und nach oben zerrte. Endlich spürte ich wieder Luft an meinem Gesicht und atmete tief ein.

Völlig verkehrt. Dabei schluckte ich noch mehr Wasser und wurde vom schlimmsten Hustenanfall meines Lebens geschüttelt.

Meine Retterin hieß Vanessa, deren Stachelhaare glatt an ihrem Kopf anlagen. Im Licht der Unterwasserscheinwerfer sah ich die Farbwolken, die uns umgaben.

Von oben beugten sich Krissi und das Drakulamädchen herab.

„Ihr habt euch wohl in der Party geirrt“, hörte ich sie sagen. „Das ist kein Kindergeburtstag.“

„Dort wollen wir auch nicht hin“, fauchte Krissi sie an.

„Mal langsam! Habt ihr euch vielleicht eingeschlichen?“, fragte das Mädchen argwöhnisch.

Endlich konnte ich wieder halbwegs atmen, ohne gleich einen neuerlichen Hustenanfall auszulösen. Mit Vanessas Hilfe schaffte ich es an den Beckenrand und mit ihrer Unterstützung konnte ich mich sogar aus dem Wasser stemmen. Viel eleganter als ich schwang sie sich neben mich auf die Betonkante.

„Jedes Jahr das Gleiche", schimpfte das Mädchen los. „Immer diese lästigen Gören, die über den Zaun kriechen." Sie drehte sich weg in Richtung Erker und versuchte Kara etwas zuzurufen. Beim Lärm der Musik war das allerdings nicht möglich.

„Es reicht", schimpfte Krissi und versetzte dem Drakulamädchen einen heftigen Stoß, der es rückwärts in den Pool beförderte. „Los, weg!", trieb sie uns an. Als die blutleere Lady den Kopf aus den Fluten steckte, waren wir schon in der Menschenmenge untergetaucht.

„Igitt", beschwerte sich ein Junge in einem feinen Anzug und tat so, als wären wir nicht nass, sondern giftig. Seine Freundin, die eine schlecht sitzende blonde Perücke trug und auf Marilyn Monroe machte, verzog das Gesicht zu einer angewiderten Grimasse.

„Was seid ihr denn?", jammerte sie völlig übertrieben.

Ihr Kleid war wunderbar weiß. Bis zu diesem Augenblick. Mich packte der Übermut und ich schlang meine Arme um sie. Als ich wieder von ihr abließ, war sie nass und ihr Kleid nicht mehr weiß. Schnellstens suchten wir das Weite.

Vor uns erhob sich eine Theke, hinter der ein kleiner Italiener die Hände rang. Bewaffnet mit einem Eiskugelausstecher versuchte er seine Töpfe zu verteidigen. Einige Jungen holten mit den bloßen Händen die weiche Eiscreme heraus und bewarfen sich damit gegenseitig.

Diesmal waren wir an der Reihe, die Gesichter zu verziehen. Schade um das leckere Eis.

Etwas Flaches, Rundes zischte an meinem Ohr vorbei. Ich spürte den Lufthauch, wurde aber zum Glück nicht getroffen. Es folgten noch zwei

weitere fliegende Untertassen, die den Duft von frisch gebackener Pizza hatten.

Es war Pizza. Am Pizzaofen neben dem Sprungturm des Pools balgten sich ein Superman und ein Batman und bewarfen sich mit Pizzas, die sie schleuderten, als wären es Frisbees.

Aus der doppelflügeligen Terrassentür wirbelten Schneeflocken. Als die Scheinwerfer der Lichtanlage, die unermüdlich durch den Garten kreisten, hinleuchteten, sahen wir ein Mädchen, das zwei riesige aufgeplatzte Kissen schüttelte, aus denen Federn quollen.

„Wusste nicht, dass Frau Holle ein Hollywoodstar ist“, spottete Krissi.

Wir waren von pulsierendem Licht in allen Farben umgeben. Auch wenn wir nur den dringenden Wunsch hatten, so schnell wie möglich die Party zu verlassen, gelang uns das nicht. Wir hatten einfach keine Ahnung, wo sich der Ausgang befand.

Ein scharfer Wasserstrahl schoss durch die Luft und traf ein paar Aliens (ausnahmsweise keine echten, sondern verkleidete Schüler), die laut schreiend nach demjenigen suchten, der da den Gartenschlauch schwang.

Vor uns blitzte es mehrere Male und ich hatte zunächst den Verdacht, eine meiner Freundinnen hätte einen weiteren Wunsch ausgesprochen. Da wir nach den Blitzen aber immer noch in dem lärmenden, tobenden Chaos standen, musste es etwas anderes gewesen sein.

Hinter einer Gruppe von Büschen bewegten sich kurze schwarze Metallrohre, aus denen nadeldünne grelle Strahlen zum Himmel schossen und dort wilde Kringel und riesige Sterne malten.

Zwei grölende Burschen, beide mit Bierflaschen in der Hand, schubsten sich gegenseitig hin und her, lallten und grunzten, stolperten und stürzten in die Anlage. Ein Geräusch, das in den Ohren wehtat, drang bis zu uns. Es klang schriller und schmerzhafter als die Notbremsung eines Eisenbahnzuges.

Die wilden Kringel schrumpften zu zuckenden Flecken, die wie Quallen über den Nachthimmel jagten.

Den beiden Jungen schien es völlig egal zu sein, was sie angerichtet hatten. Aus den Büschen drang kehliges, völlig überdrehtes Lachen.

Die Musik riss ab und in den Lautsprechern knallte und krachte es. Karas aufgebrachte Stimme schallte durch den Garten.

„Aufhören!“, verlangte sie schrill. „Hört auf, seid ihr wahnsinnig? Meine Eltern bringen mich um!“

„Abkühlung für Kara", brüllte jemand, der mit seiner Zunge schon einige Probleme hatte. „In den Pool mit ihr und dann weiterfeiern."

„Nein! Ihr macht alles kaputt." Kara schien den Tränen nahe. „Aufhören!"

Etwas Helles flog durch die Luft und klatschte ihr auf das knallrote Kleid. Dort bildete es einen riesigen Fleck, der langsam hinunterfloss. Es musste wohl Eiscreme gewesen sein.

In der Ferne heulten die Martinshörner von Polizeiwagen. Das Heulen wurde lauter und lauter, kam also näher. Hatte jemand die Polizei gerufen?

Im Garten gingen versteckte Leuchten an. Die blinkenden Partylichter erloschen. Das milchige Licht der versteckt angebrachten Lampen fiel auf die totale Verwüstung. Ich musste daran denken, wie Mam vor ein paar Wochen einen großen Karton mit Vorräten aus dem Auto ausgeladen und auf dem Weg zum Haus fallen gelassen hatte. Tüten waren aufgeplatzt, Gläser zerbrochen und Marmelade hatte sich mit Essiggurken vermischt.

Noch immer standen Krissi, Vanessa und ich am selben Fleck. Rund um uns waren die meisten verstummt. Alle starrten auf die Pizzas im Gras und das Eis an den Fensterscheiben. Das Wasser des Schwimmbeckens hatte sich grünlich gefärbt wie ein uralter Teich in einem verwilderten Park.

„Wir verziehen uns besser“, raunte Vanessa und zupfte an Krissi und mir. So unauffällig wie möglich bewegten wir uns nach hinten. Es raschelte, als Vanessa sich durch das Blattwerk eines Gebüsches zwängte. Spitze Äste kratzten uns oder hakten sich in unserem Gewand fest. Das Laub schloss sich vor uns wie ein Vorhang. Von diesem Versteck aus beobachteten wir, wie mehrere Polizisten in den Garten stürmten.

„Ausweiskontrolle!“, verlangten sie scharf. „Alle müssen sich ausweisen, sonst nehmen wir euch auf die Polizeistation mit.“

Bestimmt ging es Krissi und Vanessa nicht besser. Mein Herz jedenfalls pumpte wie verrückt. Ich konnte es im Hals spüren. Meine Hände und Füße waren feucht und wieder einmal rumorte ein Drache in meinem Bauch.

Da hatte doch sicher jemand die Polizei angerufen und gesagt, es gäbe hier Schlägereien. So ganz falsch war das ja auch nicht!

„Hölle!“, flüsterte Krissi.

Wenn wir entdeckt würden, dann stand uns wirklich großer Ärger bevor. Wie sollten wir unseren Eltern erklären, was wir auf Karas Party zu suchen hatten? Noch dazu ohne Eintrittskarte und bei diesem Chaos, das ausgebrochen war. Ein Blick auf unser Aussehen und sie würden denken, wir hätten aus Wut, weil wir nicht eingeladen worden waren, die Party stören wollen.

Susanna würde sie bestimmt auf diese Idee bringen. Darauf konnten wir uns verlassen.

Sollten wir dann als Ausrede einfach sagen: „Ach, wisst ihr, da war diese gute Fee, die in Kuhfladen gebadet hat. Von der haben wir drei Wünsche …“ Wer würde das glauben?

Moment! Die drei Wünsche! Zwei waren noch

frei. Wir konnten uns ganz einfach von hier fort und nach Hause wünschen. Ich schlug es meinen Freundinnen vor, die einverstanden waren.

„Wunschvergeudung“, knurrte Krissi sauer. Aber was blieb uns übrig?

„Wir wünschen uns heim“, flüsterte ich feierlich. Schnell fasste ich nach den Händen von Vanessa und Krissi, damit sie nicht zurückblieben.

Wie im Albtraum

Ein Albtraum wurde wahr.

ICH blieb auf der Party und hörte nur wenige Schritte von mir entfernt einen Polizisten zu einem Mädchen sagen: „Wenn du dich nicht ausweisen kannst, musst du mitkommen."

ICH war noch immer in Karas Garten. Und meine beiden besten Freundinnen ... auch!

Überrascht sahen wir uns an und runzelten die Stirn. Was hatte das zu bedeuten?

„Wir wünschen uns nach Hause!", wiederholte Krissi ungeduldig.

Es geschah nichts. Absolut nichts.

„Vielleicht erlöschen die Wünsche, wenn man den ersten vergeudet", mutmaßte Vanessa.

„Alte Schwarzseherin", schnaubte Krissi.

Vanessa gerät selten in Zorn, in diesem Augenblick war es aber wieder einmal so weit. Wutschnaubend packte sie Krissi am Arm und schüttelte sie wie einen Pflaumenbaum.

„Miss Superschlau, dann erkläre mir, wieso es nicht funktioniert. Ha? Haaaa? Haaaaaaaa?"

„Lass mich los", zischte Krissi warnend.

„Dort hinter dem hohen Busch ist jemand",

petzte das Mädchen, das keinen Ausweis hatte. Bestimmt wollte es nur von sich ablenken. Durch die fleischigen Blätter sah ich, wie sich der Polizist in unsere Richtung drehte. Mit einem energischen Tritt genau zwischen die Füße von Krissi und Vanessa, brachte ich sie dazu, endlich die Klappe zu halten.

Da standen wir, steif und starr wie drei überdimensionale Gartenzwerge. Wir wagten nicht einmal mehr zu atmen und ich schloss sogar meine Augen, weil ich Angst hatte, das Weiß könnte uns verraten.

Schritte. Der Polizist kam näher. Er hatte uns entdeckt.

Nein, die Schritte waren hinter uns. Jemand ging langsam und bedacht, auch bestimmt kein lautes Geräusch zu erzeugen. Uns dreien fehlte allerdings der Mut, uns umzudrehen und nachzusehen, wer es war.

„Du kommst jetzt mit", wandte sich der Polizist wieder dem Mädchen zu. Nachdem sich die beiden entfernt hatten, ging eine kleine Welle der Erleichterung durch meinen Körper. Wir spürten allerdings, dass wir nicht allein in diesem hinteren Teil des Gartens waren. Im Unterholz der angepflanzten Sträucher und Bäume lauerte jemand.

Krissi ist die Mutigste von uns dreien. Mit einem energischen Ruck fuhr sie herum und starrte in das graue Halbdunkel, das hinter uns lag. Wie ein aufgeschrecktes Tier sprang eine mittelgroße Gestalt auf, schlug mit den Armen um sich, um die Äste zur Seite zu drücken, und hetzte weiter. Wir standen noch immer wie erstarrt.

Ein Quietschen wie von einer schlecht geschmierten Tür jaulte auf und ab. Danach kehrte wieder Stille ein. Natürlich nur in dem Teil des Parks, der hinter uns lag, rund um das Schwimmbecken herrschte große Aufregung unter den Partygästen.

Vanessa redet nicht viel, weiß aber oft schnell, was zu tun ist. Und dann tut sie es einfach, ohne sich lange mit uns zu besprechen. Sie winkte uns, ihr zu folgen, und kämpfte sich zwischen den Stauden in die Richtung, die der Unbekannte genommen hatte. Wir schlichen tief gebückt unter dem dichten Buschwerk durch, das sich in unseren Haaren verfing, zog und zerrte und bestimmt ganze Büschel ausriss. Aber was machte das jetzt schon?

Der orangerote Schein einer Straßenlaterne empfing uns. Wir standen vor einer mannshohen Gartenmauer, auf der oben Glassplitter glänzten, damit man nicht darüber klettern konnte. Das

war zum Glück auch nicht nötig, denn in der Mauer befand sich eine winzige Pforte, durch die höchstens ein Gnom aufrecht hätte gehen können. Sie war mit einer Metalltür verschlossen, die sich aber ohne große Probleme öffnen ließ. Wieder ertönte das aufsteigende und absteigende Quietschen. Wir zwängten uns ins Freie, und obwohl die Luft dort draußen nicht anders war als im Garten der Prislings, atmeten wir tief ein und langsam aus. Noch immer stellten wir neue Rekorde im Herzklopfen auf. Meine Knie fühlten sich an, als hätte jemand die Knochen entfernt. Auch Krissi, die selbst im Dreifachlooping der schrecklichsten Achterbahn auf dem Rummelplatz laut lachen kann, wankte leicht.

„Das war knapp“, sagte ich, weil ich unbedingt etwas von mir geben musste. Reden beruhigt mich einfach.

„Nach Hause, bevor deine Mam zurückkommt!“, keuchte Vanessa, die nach einem Karatekampf nicht so außer Atem war wie jetzt.

Laufen konnten wir nicht. Unsere Beine waren schwer wie Blei.

„Klar, dass unsere Altersklasse auf dieser Party nicht zugelassen ist“, brummte Krissi durch die Musik. „Wir sind einfach nicht kindisch genug dafür und können uns benehmen.“

Der Weg zurück erschien uns wie eine Umrundung der Erde. Zweimal fuhr ein Polizeiwagen an uns vorbei. Wir hörten ihn jedes Mal rechtzeitig und gingen einmal hinter einer Litfaßsäule und das andere Mal hinter einer Kiste mit Rollsplitt in Deckung.

Ungesehen erreichten wir das hohe, schmale Haus, das ich unseren „Wohnturm“ nenne. Durch das kleine Fenster der Diele fiel Licht. Hatten wir es brennen gelassen oder waren Mam und Ben schon wieder da?

Die Haustür war nicht abgesperrt, was für mich nichts Gutes bedeutete. Vorsichtig streckte ich den Kopf in die Diele und suchte nach Anzeichen von Mam. Normalerweise stellt sie ihre Handtasche immer neben dem Telefon ab. Der Platz war leer. Wir schlichen ins Haus, warfen einen Blick auf die Terrasse und in den Garten und auf allen vieren kroch ich die Treppe hoch zum Wohnzimmer, das aber dunkel war.

Mir fiel ein halbes Gebirge vom Herzen. Mam war noch nicht zurückgekehrt. Mit zitternden Händen machten wir uns über das Chaos in der Diele her, stopften Krissis Faschingssachen zurück in die Tüte und räumten Haarbürsten und Handspiegel zusammen. Als ich mich im Spiegel neben den Wandhaken sah, erkannte ich mich zuerst selbst nicht. In jedem Zombiefilm hätte ich bestimmt sofort die Hauptrolle bekommen.

Weil sie so nicht nach Hause konnten, versuchten Krissi und Vanessa in unserem Bad, sich die Schminke abzuwaschen und ihre Haare zu bändigen. Bei Vanessa blieb ein grünlicher Schimmer im Gesicht haften und Krissis Mähne trotzte Föhn und Bürste und blieb ein Gebilde aus steifen Strähnen.

Hastig verabschiedeten sich die beiden. Aus Erleichterung und weil wir einfach alle ein wenig Trost brauchten, machten wir eine Dreierumarmung.

„Es hat uns keiner erkannt“, flüsterte Krissi.

„Und falls wir je eine Karte zu Karas Party bekommen, machen wir Konfetti daraus“, kündigte Vanessa an.

Mir fiel etwas anderes ein, das mir keine Freude bereitete.

„Der Beweis! Wie sollen wir Nanette beweisen, dass wir dort waren?“

Krissi hatte sofort eine Lösung zur Hand.

„Ganz einfach: Sie soll uns etwas fragen, was nur jemand wissen kann, der auf der Party war. Wir haben alles gesehen und können jede Frage beantworten.“

Das leuchtete ein. Hoffentlich sah es auch Nanette so. Nach all diesen Aufregungen und Schrecken hatte ich nicht die geringste Lust, auch noch mein ganzes Taschengeld abzugeben.

Meine beiden besten Freundinnen gingen und ich schrubbte das Bad. Auf den weißen Kacheln waren viele Farbspritzer zurückgeblieben. Viermal musste ich mir die Haare schamponieren und bestimmt stand ich eine Stunde unter der Dusche, bis ich wieder halbwegs herzeigbar aussah. Völlig erschöpft fiel ich in mein Bett.

Nur Minuten später hielt Bens Wagen vor dem Haus. Mam und er bemühten sich, besonders leise zu sein, kamen aber noch hoch, um einen

Blick auf mich zu werfen. Ich stellte mich schlafend.

„Sie duftet so frisch“, sagte Ben leise.

„Vielleicht hat sie den Hausarrest zur Körperpflege verwendet“, erwiderte Mam flüsternd. „Dann muss ich Bix morgen wirklich loben. Sie kann so vernünftig sein.“

Die Klinke mit beiden Händen haltend zog Ben die Tür zu. Wenn die zwei wüssten …

Zum Glück hatten sie keine Ahnung.

Schreckensmeldung

„Morgen, Klobesen!“

Was für eine freundliche Begrüßung, wenn man vor lauter schlechtem Gewissen kaum ein Auge zubekommen hat. Die Angst, die wir auf der Party ausgestanden hatten, hockte wie ein dunkelbraunes Tier auf meiner Brust. Kaum schlief ich endlich ein, machte sich das Tier mit seinen scharfen Krallen bemerkbar und ich war wieder munter.

Na gut, ganz so schrecklich war es nicht. Mit mir geht da immer ein bisschen die Fantasie durch. Tatsache blieb aber, dass ich hundemüde war.

Ich blinzelte. Über mir schwebte das sommersprossige Mondgesicht von Felix, der mich so breit anstrahlte, dass seine Zahnlücke prächtig zu sehen war.

„Klobesen!“, wiederholte er herausfordernd.

„Was machst du schon wieder hier?“, knurrte ich gähnend. „Wieso bist du nicht bei deinem Freund?“

„Das Stockbett ist zusammengebrochen“, verkündete Felix stolz. Ich konnte mir denken, dass

das Bett nicht von allein zusammengebrochen war.

„Du sollst endlich aufstehen!“, krähte Felix und riss mir die Decke weg. Wenn er will, kann er sehr schnell sein. Samt Decke jagte er die Treppe hinunter und ich war einfach zu schlapp, ihn zu verfolgen.

Leider stimmte das mit dem Klobesen. Mein Haar stand in wilden Büscheln nach allen Seiten. Unter meinen Augen lagen dunkelblaue Ringe und ich sah ziemlich geschlaucht aus.

Ben hatte den Tisch im Garten gedeckt und lächelte mir entgegen, als ich aus dem Haus kam.

Mam brachte gerade die Teekanne und atmete genüsslich durch. Der Himmel war blitzblau und ein prachtvoller Sommertag stand bevor.

Ich hatte nicht den geringsten Hunger. Trotzdem würgte ich zwei Toastscheiben mit Marmelade hinunter. Da ich sonst fast immer hungrig bin, wäre es einfach zu verdächtig gewesen, wenn ich nichts gegessen hätte.

Ben gab meiner Mam mit den Augenbrauen ein Zeichen. Sie strich mit den Händen über ihren Rock, räusperte sich und sagte: „Bix, da du gestern Abend alles so schön aufgeräumt und sogar das Bad geputzt hast, ist dir der heutige Hausarrest erlassen."

Mit Mühe gelang mir ein schiefes Lächeln. Wie lieb von Mam, aber mein schlechtes Gewissen meldete sich wie eine meckernde Nörgeltante. „Das verdienst du aber gar nicht. Ganz im Gegenteil. Die ganze Woche solltest du nur in deinem Zimmer sitzen und Strafarbeiten schreiben."

„Freust du dich gar nicht?" Mam sah mich ratlos an.

„Doch, doch", versicherte ich schnell. Am liebsten hätte ich mir Marmelade auf die Lippen geschmiert, damit sie auch bestimmt verschlossen blieben und ich nicht ausplauderte, was sich vergangene Nacht wirklich abgespielt hatte.

Vanessa und Krissi kamen um das Haus herum, und ich erkannte auf den ersten Blick: Es war etwas Schlimmes geschehen.

„Morgen, Frau Taler“, grüßten sie verlegen und bedeuteten mir drängend, schnellstens mitzukommen. Wir flüchteten auf die Straße, wo wir mitten auf der Fahrbahn stehen blieben. Zum Glück kommt bei uns fast nie ein Auto.

Vanessa schluckte ständig trocken.

„Was ist?“, wollte ich endlich erfahren.

„Großer Ärger im Anzug“, flüsterte Krissi heftig. Sie gab Vanessa einen Ellbogenstoß.

„Susanna ist ganz aufgeregt von der Party heimgekommen“, erzählte Vanessa leise. „Sie hat unseren Eltern alles berichtet. Zum Glück hatte sie einen Ausweis dabei, sonst wäre sie auch auf die Polizeistation mitgenommen worden.“

„Ich glaube, sie hat uns gesehen“, flüsterte Krissi heiser.

Wie bitte? Weil ich das nicht glauben konnte, schüttelte ich kurz den Kopf, als hätte ich mich verhört.

„Weiß nicht, ob sie uns gesehen hat“, verbesserte Vanessa. „Auf jeden Fall reden alle, die auf der Party waren, von drei Mädchen mit bunten Haaren, die wild geschminkt waren und in den Pool gesprungen sind.“ Sie legte eine Pause ein und schluckte erneut heftig. Erst nachdem sie tief Luft geholt hatte, konnte sie weiterreden. „Einige behaupten, diese Mädchen hätten ein Pulver in die Getränke gemischt, und deshalb sei die Party so außer Kontrolle geraten. Angeblich ist der halbe Garten kaputt, im Haus hat jemand die Kissen der Sofas aufgeschlitzt und die Schlafzimmer sind verwüstet."

„Das waren doch alles nicht wir!", entfuhr es mir eine Spur zu laut.

„Psssst!", zischte Krissi warnend. „Ist doch klar. Aber die brauchen einen Sündenbock, und wenn uns jemand erkannt hat ..."

Meine Knie verwandelten sich wieder in Pudding.

„Wir haben uns selbst nicht erkannt", piepste ich und klammerte mich an diese Hoffnung wie ein Schiffbrüchiger an einen Strohhalm.

„Nur noch mit gesenktem Kopf herumgehen", begann Krissi Anordnungen zu erteilen. „Seht niemandem ins Gesicht! Sprecht mit keinem aus einer höheren Klasse! So unsichtbar wie möglich sein."

„Wieso glaubst du, dass es so richtig ist?", erkundigte sich Vanessa misstrauisch.

Wir kannten die Antwort: Krissi, die für ihr Leben gerne Krimis im Fernsehen guckte, hatte einfach alles von sich gegeben, was sie dort von den verschiedenen Detektiven und Kommissaren hörte.

Sonntags wollen unsere Eltern immer möglichst viel von uns haben. Deshalb kehrte jede in ihr Haus zurück.

„Und wenn uns doch jemand erkannt hat?“, jagte es mir immer wieder durch den Kopf. Was dann? Was dann? Was würde dann geschehen?

Nach dem Mittagessen, bei dem ich die Nudeln nur von einer Seite des Tellers auf die andere schob, erreichte mich eine Nachricht von Krissi. Ich entschlüsselte sie und kann mich nur erinnern, wie ich mich auf mein Bett plumpsen ließ. Danach war alles rund um mich wie bei einem Filmriss. Keine Geräusche, keine Bilder. Die Zeit stand still. Wir waren geliefert!

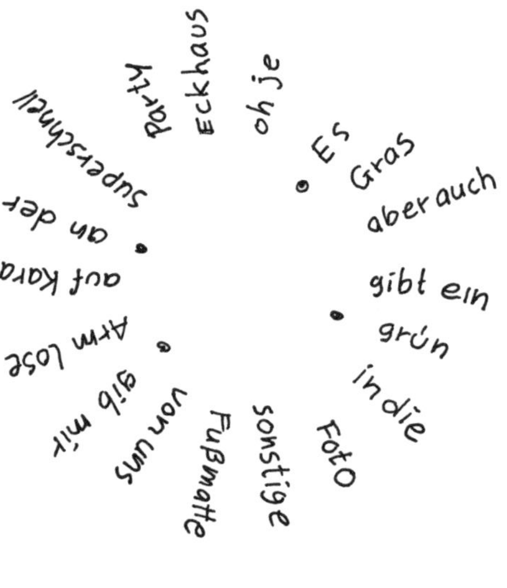

„Wer will Kirschkuchen!“, kam aus der Küche Mams Stimme. Sie hatte beim Mittagessen schon die ganze Zeit von dem neuen Rezept geschwärmt, das der charmante neue Koch im Fernsehen vorgeführt hatte. Der Kuchenduft war auch wirklich verführerisch, aber trotzdem würde ich ihm widerstehen. Ich musste zu Krissi und sofort erfahren, was ihr Brief zu bedeuten hatte.

Bis zur Diele kam ich, weiter nicht. Mam schwebte aus der Küche und trug einen Ringkuchen vor sich her, als wäre es die Krone der Englischen Königin. Genießerisch schnupperte sie daran, und als ich Anstalten machte, wegzugehen, verzog sie enttäuscht das Gesicht. Ich hätte ihr bestimmt das Herz gebrochen, wenn ich vorher nicht schnell gekostet hätte.

Also raus auf die Terrasse, wo Felix und Ben schon erwartungsvoll am Gartentisch saßen und den Kuchen mit Applaus begrüßten. Das Anschneiden ging nicht zackzack, sondern wurde von Ben zelebriert, weil er Mams Arbeit ehren wollte. Bis er endlich ein Stück abgesäbelt hatte, verging mindestens eine Stunde. Na ja, vielleicht nicht ganz, aber mir kam es so vor. Ich saß wie auf dem Nagelbrett eines Fakirs.

„Bix! Schling nicht so!“, ermahnte mich Mam,

als ich den Kuchen mit beiden Händen in den Mund stopfte.

„Oas?“, fragte ich mit vollen Backen. (Das hätte „Wie bitte?“ heißen sollen. Da ich so laut schmatzte, hatte ich sie nämlich nicht verstanden.)

Es folgte ein kurzer Vortrag über Tischmanieren, der mich fast aus der Haut fahren ließ.

Endlich durfte ich aufstehen, auch wenn Mam verständnislos den Kopf schüttelte und dankbar war, dass Felix nach dem dritten Stück verlangte. Kopfüber stürzte ich aus dem Haus und lief zu Krissi.

Da überlief mich ein Schauer – kein kalter, der Gänsehaut verursachte, sondern ein Kribbeln am

Rücken und an den Unterarmen, wie ich es bisher noch nie gefühlt hatte. Ich schüttelte mich kurz und lief dann hinter das Haus, wo sich eine kleine Laube befindet, in der die Kiskas oft essen.

Herr Kiska fläzte sich auf einem Stuhl, die Beine auf dem Tisch. Als er mich bemerkte, riss er sie sofort herunter und wedelte mit der Zeitung den Staub weg. Ich fragte ihn nach Krissi und er deutete zu Vanessas Haus.

„Sie ist hinübergegangen, glaube ich. Vielleicht. Jedenfalls sah es so aus." Na ja, unter einer exakten Auskunft stelle ich mir etwas anderes vor, aber bitte!

Bei Vanessa traue ich mich nicht, einfach so auf die Terrasse zu stürmen. Frau Reininghaus sieht mich dann immer so strafend an. Aus diesem Grund klingelte ich an der Haustür. Susanna öffnete mir. Mir fiel ein, was Krissi uns eingeschärft hatte, und ich senkte den Blick zu Boden.

„So habe ich das gerne. Verneig dich immer vor mir! Noch besser wäre ein Kniefall!", scherzte Susanna und ließ mich einfach stehen.

Aus dem Hintergrund tauchten Krissi und Vanessa auf, die mir bedeuteten, schnell einzutreten, und sich danach an Susannas Fersen hefteten. Die große Schwester witterte ihre Verfolger, blieb mit einem Ruck stehen und wandte sich um.

„Hör mal, Vanessa, du hast die schöneren Haare, du hast die schönere Nase, du bist viel sportlicher als ich und ich beneide dich um alles.“

Was sollte das denn heißen? Ich kannte Susanna sonst nur schimpfend. Was war in sie gefahren?

„Mach die Biege, du Fliege“, setzte Susanna fort und diesmal klang es schon mehr nach ihr.

„Du willst uns erpressen!“, fauchte Krissi sie herausfordernd an.

Susannas Augen weiteten sich.

„Ich würde euch alle drei gerne in ein Raumschiff stopfen und bis zum Ende des Universums schießen“, gab Susanna freimütig zu. „Gerne würde ich euch auch die Lippen zukleben oder euch unsichtbar hexen. Aber bitte, womit sollte ich euch erpressen? Glaubt ihr, ich entführe eure Kuscheltiere und verlange dafür Lösegeld?“

Krissi und Vanessa wechselten einen Blick, den ich zuerst nicht deuten konnte.

Schlimme Post

Susanna griff nach dem Funktelefon und wählte lässig mit nur einer Hand eine Nummer.

„Äh … telefoniere jetzt besser nicht!“, riet ihr Vanessa schüchtern, was Susanna mit einer ärgerlichen Handbewegung abtat.

„Hallo, Juliana, du alte Langweilerin!“, begrüßte sie ihre Freundin. „Hast du dein Kleopatrakostüm schon in Putzlappen zerschnippselt? Es ist wirklich das Einzige, was du mit dem dämlichen Lumpen tun kannst.“

Ihr Gesicht verzog sich zu einer erstaunten Grimasse und sie streckte uns den Hörer entgegen, aus dem das Tut-tut tönte, das anzeigte, dass Juliana aufgelegt hatte.

„Was hat sie denn? Muss doch nicht so beleidigt sein!“

„Na hör mal, du hast sie aber beleidigt!“, brauste ich auf.

Susanna sah mich verständnislos an. „Habe ich nicht! Ich habe doch nur gesagt, was ich …“ Sie stutzte und legte zwei Finger auf die Lippen. Leise setzte sie fort: „… was ich gedacht habe.“

„Die Wahrheit und nichts als die Wahrheit“,

hauchte Krissi neben mir wie eine Richterin im Fernsehen.

Frau Reininghaus trat aus dem Wohnzimmer, eine Zeitschrift unter dem Arm.

„Susanna, hast du schon für deine Prüfungen nächste Woche alles gelernt?“, fragte sie mehr nebenbei, wie Mütter manchmal fragen.

„Noch nicht einmal angefangen“, erklärte Susanna und schlug sofort danach die Hände auf den Mund.

Die Augenbrauen hochgezogen drehte sich Frau Reininghaus langsam zu ihr um.

„Wie bitte? Zu mir hast du gesagt, du seiest fast fertig?“

Obwohl Suanna den Mund mit beiden Händen zupresste, hörten wir sie trotzdem sprechen. Es war, als gäbe es da eine zweite Stimme.

„Ich habe dich angeflunkert.“

„Wie bitte?“ Ihre Mutter schüttelte tadelnd den Kopf.

Vanessa zog mich nach hinten Richtung Haustür. Gemeinsam mit Krissi verließen wir das Haus. Ich sah meine Freundinnen fragend an.

„Was sollte das?“

„Wunsch Nummer zwei“, gestand Vanessa kleinlaut. „Mein Fehler. Ich war nur so wütend. Und jetzt ist es vergeblich.“

Wir drehten eine Runde durch die kleinen Gassen. Es gab viel zu bereden und wir wollten nicht belauscht werden. Krissi zog einen harmlosen braunen Umschlag aus der Tasche. Er war gefaltet und es stand nur ihr Name darauf.

„Jemand hat ihn unter unserer Haustür durchgeschoben. Antonius hat ihn mir ins Zimmer gebracht“, berichtete sie. Ihre Hand bebte, als sie hineingriff und einen Zettel und ein Foto herauszog.

Auf dem Zettel stand nur:

Das Taschengeld vom nächsten halben Jahr! – Sonst sehen das alle!

Der Drohbrief war ein Computerausdruck. Natürlich stand kein Name dabei. Ich musste mich sehr überwinden, meine Hand auszustrecken und nach dem Foto zu greifen. Als ich es sah, blitzte es in meinem Kopf. Sofort. Es war der Blitz, den ich gesehen hatte, als wir uns hatten davonstehlen wollen. Wir erinnerten an Moormonster, und unter anderen Umständen hätten wir schallend gelacht. Natürlich waren wir nicht wirklich gut erkennbar. Unsere Mütter aber würden sofort wissen, wer die drei Gestalten auf dem Bild waren.

„Ich war sicher, dass Susanna dahintersteckt“, gestand Vanessa leise. „Daher habe ich den zweiten Wunsch verbraucht und mir gewünscht, sie soll ab jetzt nur die Wahrheit sagen können.“

Mit einem Schlag war mir klar, was ich vorhin bei den Reininghaus’ erlebt hatte.

„Sie ist es aber nicht. Sie erpresst uns nicht“, fügte Krissi ebenso leise hinzu.

„Das haben wir gleich!“, rief ich, nicht ganz so leise, weil mir meine Idee gefiel. „Einen Wunsch haben wir noch und ich weiß, wofür wir den verwenden.“ Bevor mich die anderen bremsen konnten, hatte ich schon gesagt: „Wir wünschen uns denjenigen sofort her, der uns erpresst.“

Krissi und Vanessa hatte mich links und rechts am Arm gepackt, aber es war zu spät. Ich hatte den Wunsch ausgesprochen und erwartete, den fiesen Kerl auf der Stelle zu sehen.

Um die Ecke bog die alte Frau Roth mit ihrem blonden Pudel. Wir nennen sie „Rothkehlchen“, weil sie immer rote Blusen trägt und beim Sprechen trällert.

Meine Freundinnen und ich wechselten fragende Blicke. Nein, das konnte niemals die Erpresserin sein.

Der warme Schauer fiel mir ein, den ich vorhin bei Krissi gespürt hatte. Er musste mit dem Wunsch zusammenhängen und jetzt war er nicht eingetreten. Ich konnte mir zusammenreimen, wieso das so war.

„Wir können jeden Tag nur einen Wunsch aussprechen“, flüsterte ich den anderen beiden zu und nickte dabei lächelnd in Frau Roths Richtung. Ihr Pudel begann uns laut zu verbellen.

Vanessa und Krissi stöhnten leise auf.

„Nie wieder kann ich schlafen, solange dieses Foto unterwegs ist“, jammerte Vanessa, die sonst nie den Mut verliert.

Der Drache in meinem Bauch rumorte wieder wild.

„Glaubt ihr, dass wir wirklich verdächtigt werden? Ich meine, werden wir gesucht?", wollte ich von meinen besten Freundinnen wissen.

Beide hoben ratlos die Schultern.

Die alte Frau Roth stand auf einmal zwischen uns. Durch das Gekläff ihres Pudels hatten wir nicht bemerkt, dass sie auf uns zugekommen war. Mit ernstem Gesicht und erhobenem Zeigefinger verkündete sie: „Ihr werdet schon gesucht."

Das war fast zu viel für meine Knie. Am liebsten hätte ich mich auf den Gehsteig gesetzt und keinen Millimeter mehr bewegt. Da mich dann aber der Pudel bestimmt abgeleckt hätte, stützte ich mich am Zaun des Gartens ab, neben dem wir standen.

„Wi...wirklich?" Sogar Krissi hatte jetzt Zähneklappern.

Frau Roth nickte langsam und sehr bedeutungsvoll.

„Die Polizei?" Vanessas Stimme war kaum noch zu hören.

„Wer?" Frau Roth drehte ihr Ohr zu Vanessa hoch, weil sie sie nicht verstanden hatte.

„Sucht uns die Polizei?", wiederholte Vanessa zitternd.

Die Fotos

„Ihr sollt nach Hause kommen. Deine Mutter sucht dich!“ Frau Roth bohrte ihren knochigen Zeigefinger in Vanessas Richtung.

Wir waren halb erleichtert und halb beunruhigt. Frau Roths Pudel zerrte an der Leine und sein Frauchen trippelte hinter ihm her.

Weil wir die Ungewissheit einfach nicht aushielten, liefen wir zurück. Krissi und ich warteten am Zaun, während Vanessa im Haus verschwand.

Über uns zog ein Flugzeug einen weißen Kondensstreifen. Zwei Radfahrer, ein Motorrad und ein Auto kurvten durch unsere Straße. Frau Roths Pudel war sogar hier zu hören, obwohl sie in die andere Richtung gegangen war. Eine halbe Ewigkeit verstrich, bis Vanessa endlich wieder auftauchte. Sie macht immer so ein Gesicht, an dem man nicht ablesen kann, was los ist. Erwartungsvoll sahen wir ihr entgegen.

„Noch eine Runde!“, trieb uns Vanessa an. Abermals marschierten wir durch die Nebenstraßen.

„Die Typen, die die Party gestört haben, sind

entlarvt“, ließ Vanessa die gute Nachricht vom Stapel.

„Wer war es?“

„Ein paar Typen aus einer anderen Schule, die Kara eingeladen hatte. Sie haben sich total betrunken und haben randaliert.“

„Widerlich“, schimpfte Krissi.

Erleichtert atmete ich ein. Das bedeutete, dass auf uns kein Verdacht mehr fiel. Wir waren – wie man so schön sagt – aus dem Schneider.

„Aber wer hat uns das Foto geschickt?“, grübelte ich. „Wer hat uns geknipst und erkannt? Eigentlich kann der Erpresser uns nichts mehr anhaben, es sei denn ...“

„... er schickt das Foto unseren Eltern. Dann wissen sie, dass wir auf der Party waren, und das wird sie nicht gerade freuen“, spann Krissi den Gedanken weiter.

Für ein bisschen Spaß hatten wir uns jede Menge Bauchschmerzen eingehandelt.

Doch dann meinte Krissi locker: „Mal abwarten. Fürchten können wir uns auch noch später.“

Der dritte Wunsch fiel mir ein. Morgen konnten wir ihn zur Entlarvung des Erpressers verwenden. Schade wäre es schon darum, aber wenn es nicht anders ging, mussten wir es tun.

Es folgte eine weitere unruhige Nacht. Ich war schon um halb sechs wach und ging sofort in die Diele hinunter, um nachzusehen, ob diesmal vielleicht ein Umschlag unter unserer Tür durchgeschoben worden war.

Aber dort lag nichts. Puh! Ich konnte aufatmen. Auch im Briefkasten, außen an der Hauswand, steckte nur eine Zeitung.

Gegenüber sah ich Krissi in einem blassblauen Nachthemd, die auch gerade den Briefkasten durchstöberte. Ich machte eine fragende Handbewegung, die sie mit heftigem Kopfschütteln beantwortete. Blieb noch Vanessa.

„Nein, bei mir ist nichts angekommen!“, sagte sie, als wir sie später, ziemlich matt und verschlafen, am Zaun erwarteten. Wir nahmen den Bus, denn zum Gehen hatten wir einfach nicht genug Kraft.

„Sollen wir den Wunsch …?“, begann ich vorsichtig.

„Warte noch!“, bremste mich Krissi.

Wir waren ausnahmsweise einmal nicht in letzter Minute ins Schulhaus gestürmt, sondern bereits zehn Minuten vor dem Klingeln da.

Vor unserer Klasse drängten sich die Kicherhühnchen um den schwarzen Pagenkopf von Nanette.

„Es waren echte Rocker mit schweren Ketten“, hörten wir sie schildern. „Einer hat mir seine Kette um den Hals gelegt und mich gewürgt!“ Nanette machte es mit den Händen vor, ließ die Zunge aus dem Mundwinkel hängen und gab würgende Geräusche von sich. „Zwei Polizisten haben mich befreit.“

Meine Nasenflügel blähten sich. Ein Zeichen für Ärger, der in mir hochstieg. Vanessa hatte die Augen zu schmalen Schlitzen gekniffen und Krissi knirschte mit den Zähnen.

„Ist wirklich alles verwüstet worden?“, fragte eines der Kicherhühnchen piepsend.

„Total! Fast alle Fensterscheiben wurden eingeschlagen und das Schwimmbecken hat einen Riss, durch den das ganze Wasser abgeflossen ist."

Krissi und Vanessa versetzten mir gleichzeitig einen Ellbogenstoß. Bestimmt hatte ich jetzt links und rechts einen blauen Fleck, so stark waren die Stöße. Wahrscheinlich wollten sie nur ihre Verbundenheit demonstrieren, ich aber verstand die Knuffe als Aufforderung. Die Wut in mir machte mich stark und mutig. Nachdem ich zwei Kicherhühnchen zur Seite geschoben hatte, pflanzte ich mich vor Nanette auf.

„Hast du deinen Ausweis dabei gehabt?“, fragte ich sie so forsch und streng wie die Kommissarin im Fernsehen.

„Meinen was?“ Nanette ließ verwirrt die Strähnen des Pagenkopfs wackeln.

„Deinen Ausweis!“, wiederholte ich geduldig.

„Auf einer Party braucht man keinen Ausweis, nur das!“ Angeberisch streckte sie die goldene Plastikkarte in die Höhe.

Ich drehte mich zu meinen Freundinnen um, die alles mitgehört hatten. Krissi war sofort neben mir und entriss Nanette die Karte.

„DU willst auf Karas Party gewesen sein?“, zischte sie Nanette an.

Erst nach einer ziemlich langen Schreckenspause japste sie: „Hör mal ...“

Die Kicherhühnchen sahen zwischen ihr und uns hin und her wie Zuschauer bei einem Tennismatch.

Die Schulglocke schrillte und wir mussten in die Klasse. Nanette hatte große runde Augen. Immer wieder drehten wir uns während der Stunde zu ihr. Jedes Mal senkte sie schnell den Kopf und tat so, als müsse sie in ihr Heft schreiben.

Von Vanessa kam die Nachricht:

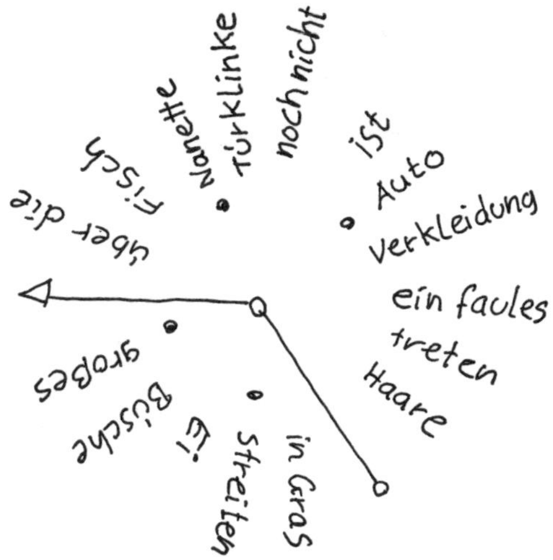

Am Ende der ersten Stunde ergriff Nanette die Flucht. Sie rannte den Gang entlang und rettete sich auf die Mädchentoilette, doch wir waren dicht hinter ihr. Als sie sich in eine Kabine einschloss, war Krissi sofort in der Nachbarkabine und kletterte von der Muschel über den Spülkasten auf die Trennwand.

Wir, Vanessa und ich, hörten Nanettes spitzen Aufschrei, als Krissi sich auf sie stürzte, die Tür entriegelte und Nanette zu den Waschbecken stieß.

„Du warst nicht auf Karas Party“, schleuderte sie ihr ins Gesicht.

Noch nie hatte ich Nanette so kleinlaut gesehen. Sie unternahm nicht einmal den Versuch, sich zu verteidigen oder zu bestreiten, was Krissi da behauptete.

„Du hast das Foto bei mir unter der Tür durchgeschoben!“, fuhr Krissi fort.

Vanessa drückte die Klinke der Haupttür hoch, damit niemand hereinkommen konnte.

„Du wolltest uns betrügen! Weil du unsere Wette um das Taschengeld verloren hast!“, unterstützte ich Krissi.

Es war alles nur ein Verdacht, der sich während der Stunde in unseren Köpfen zusammengebraut hatte, doch wir schienen ins Schwarze zu treffen.

So viel ich wusste, hatte Nanette aber weder einen größeren Bruder noch eine Schwester. Woher also hatte sie sich die goldene Eintrittskarte geholt?

Mir fiel ein, dass sie einmal in einer Pause mit ihrem Vater geprahlt hatte. Da Nanette meistens laut redete, hatte ich es mitgehört.

„Dein Vater ist doch Fotograf. War er auf der Party?“

Nanettes Gesicht versteinerte.

Das nahm ich für ein Ja.

„Von ihm hast du auch die Karte. Und weil du dir die Fotos ansehen kannst, kannst du auch behaupten, du wärst auf der Party gewesen“, spann ich die Idee weiter. Im nächsten Stück, das unsere

Theatergruppe aufführte, wollte ich unbedingt eine Detektivin spielen.

„Er hat das Foto von uns geschossen und du hast es bei ihm gefunden“, schloss Krissi.

Nanette bekam auf einmal etwas Weinerliches und Flehendes.

„Wenn die anderen das erfahren, dann bin ich geliefert.“

Das stimmte. Die Kicherhühnchen würden nicht mehr an ihren Lippen hängen, und das gönnten wir Nanette.

Bix Taler, Kommissarin, Detektivin und Richterin, schlug einen Handel vor. Er lautete: „Wir haben die Wette gewonnen. Dein Taschengeld kannst du behalten, damit handeln wir uns nur Ärger ein, wenn deine Eltern rauskriegen, dass du es an uns zahlen musst. Aber wir wollen das Negativ des Fotos.“

„Jawohl!“, bekräftigte Krissi. Von diesem Negativ könnten sonst immer wieder neue Fotos gemacht werden.

„Werdet ihr es den anderen erzählen?“, winselte Nanette.

Am liebsten hätten wir ihre Angeberei über die Lautsprecheranlage in der ganzen Schule durchgesagt. Ich sah zu Krissi, dann zu Vanessa, beide schüttelten gnädig die Köpfe.

Ich ließ mir viel Zeit mit meiner Antwort.

„Wenn wir das Negativ und alle Fotos haben, nicht.“

„Kriegt ihr“, versprach Nanette erleichtert. „Ich verspreche es. Ganz sicher!“

Nanette musste noch ein wenig zappeln, bevor Vanessa die Klinke freigab und sie abziehen ließ.

Wir klatschten die Hände in der Luft zusammen. Das hatten wir wieder einmal meisterhaft geschafft.

Allerdings soll man den Tag nicht vor Nanette loben oder so ähnlich. Dieses Biest kam doch tatsächlich nach der letzten Stunde und sagte uns frech ins Gesicht: „Ihr könnt gar nichts beweisen. Ich war auf der Party. Und meine Eltern haben bestimmt nichts dagegen. Wie steht's mit euren? Soll ich ihnen die Fotos zeigen?“

Es war also genau so gekommen, wie wir es befürchtet hatten.

Krissi wirkte einen Moment, als wollte sie Nanette an den Hals springen. Auch Vanessa ballte die Fäuste. Ich aber erinnerte mich an den letzten Wunsch, den wir noch frei hatten, und sagte ihn ganz leise. Rund um mich hatte ihn keiner gehört, da war ich sicher. Es war aber auch nicht nötig, da er bestimmt in Erfüllung gehen würde.

Krissi wollte für den Nachmittag eine Krisensitzung einberufen, weil wir wegen Nanette beratschlagen mussten.

„Nicht nötig“, beruhigte ich sie mit verheißungsvollem Lächeln.

Natürlich bestürmte sie mich, ich solle ihr sagen, was das zu bedeuten hätte, aber ich habe es geschafft, bis zum nächsten Tag nichts zu verraten.

Nanette stürzte mit hochrotem Gesicht in die Schule, die Hand unter der Jacke. Sie bestürmte mich, ihr auf die Toilette zu folgen. Natürlich kamen meine Freundinnen mit. Erst als sich die Tür hinter uns geschlossen hatte, zog sie die Hand hervor, an der das Party-Zombie-Foto von uns klebte. Als ich danach griff, glitt es von der Haut.

Nanette fielen fast die Augen aus dem Kopf.

Verschämt hob sie das Bein ihrer hellen Leinenhose, wo an der Wade der längliche Plastikstreifen haftete. Das so genannte Negativ. Sie selbst konnte es nicht entfernen, ich aber schon.

„Was seid ihr? Hexen?“ Sie atmete stoßweise und hatte kleine Schweißperlen auf der Oberlippe.

„Schlimmer“, setzte ich noch eins drauf.

Gewünscht hatte ich mir, dass alle noch vorhandenen Fotos von uns nicht nur an ihr kleben, sondern sie auch schlimmer jucken sollten als sieben Packungen Juckpulver. Wie erwartet war der Wunsch in Erfüllung gegangen.

Auf jeden Fall hat Nanette seither größte Achtung und Respekt vor uns. Und wir haben unseren Spaß, weil sie niemals herausfinden wird, wieso die Fotos sie auf einmal verfolgten.

Das bleibt unser Geheimnis.

Aber es hat Spaß gemacht!

Postkartentrick

Bix' Postkartentrick ist gar nicht so kompliziert. Wenn du ihn nachmachen willst, gehst du am besten folgendermaßen vor:

Nehme eine beliebige Postkarte und falte diese der Länge nach in der Mitte.

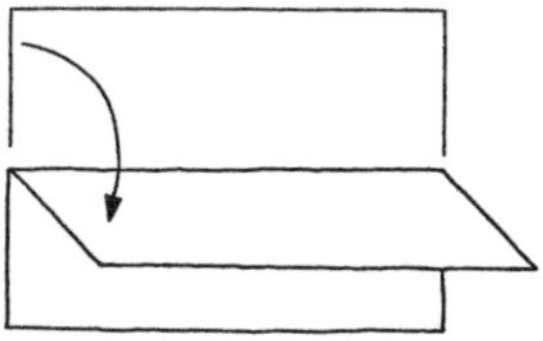

Mit der Schere schneidest du dann in regelmäßigen Abständen von der gefalteten Seite her in Richtung der offenen Seite. Die durchgezogenen Linien in der Abbildung zeigen dir, wie du schneiden musst. Pass aber auf, dass du immer nur bis kurz vor der offenen Seite schneidest und die Karte nicht ganz zerschneidest.

Nun schneidest du genau zwischen den Schnitten, die du bereits gemacht hast, in die umgekehrte Richtung, also jeweils von der offenen Seite auf den Falz zu (die gestrichelten Linien in der Abbildung). Auch hier musst du darauf achten, dass du die Karte nicht ganz durchschneidest.

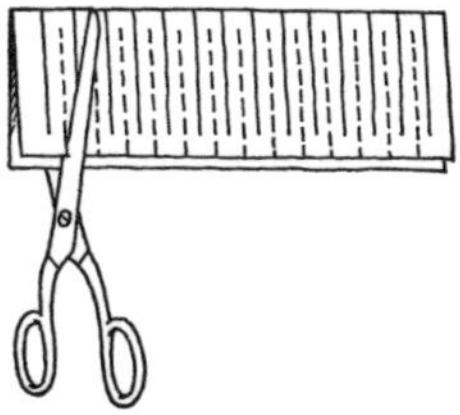

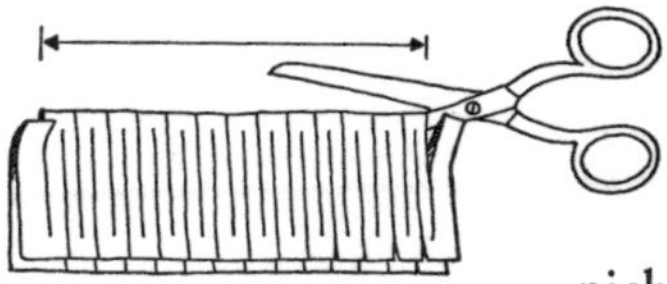

Im nächsten Schritt schneidest du die Karte entlang der Falte auf, wobei du aber den ersten und den letzten Teil der Falte nicht mitschneidest.

Wenn du nun die Karte vorsichtig auseinander ziehst, entsteht ein Ring, durch den du durchsteigen kannst.

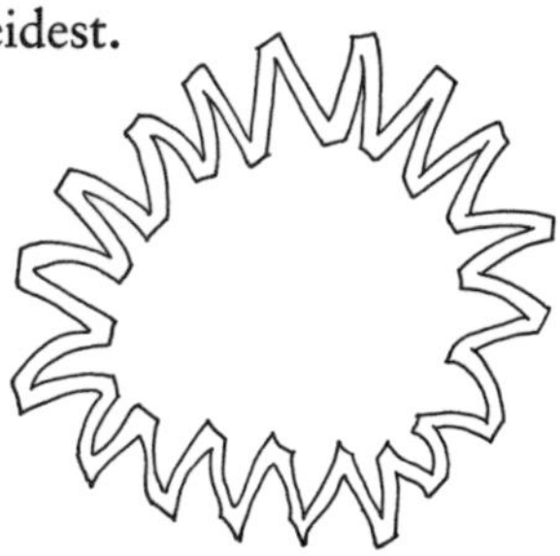

Viel Erfolg beim Basteln!

Die Schreibweise entspricht den Regeln
der neuen Rechtschreibung

1 2 3 4 06 05 04 03

Umschlagkonzeption: Sieblitz/Schmieder
Umschlagillustration: Dietmar Wefers
Umschlagfotografie: Martin Vukovits
Redaktion: Andreas Rode

Printed in Austria

ISBN 3-473-47416-9

www.ravensburger.de
www.thomasbrezina.com